U0874899

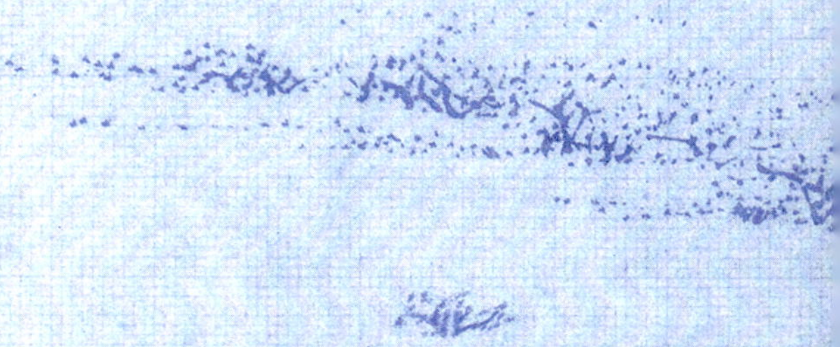

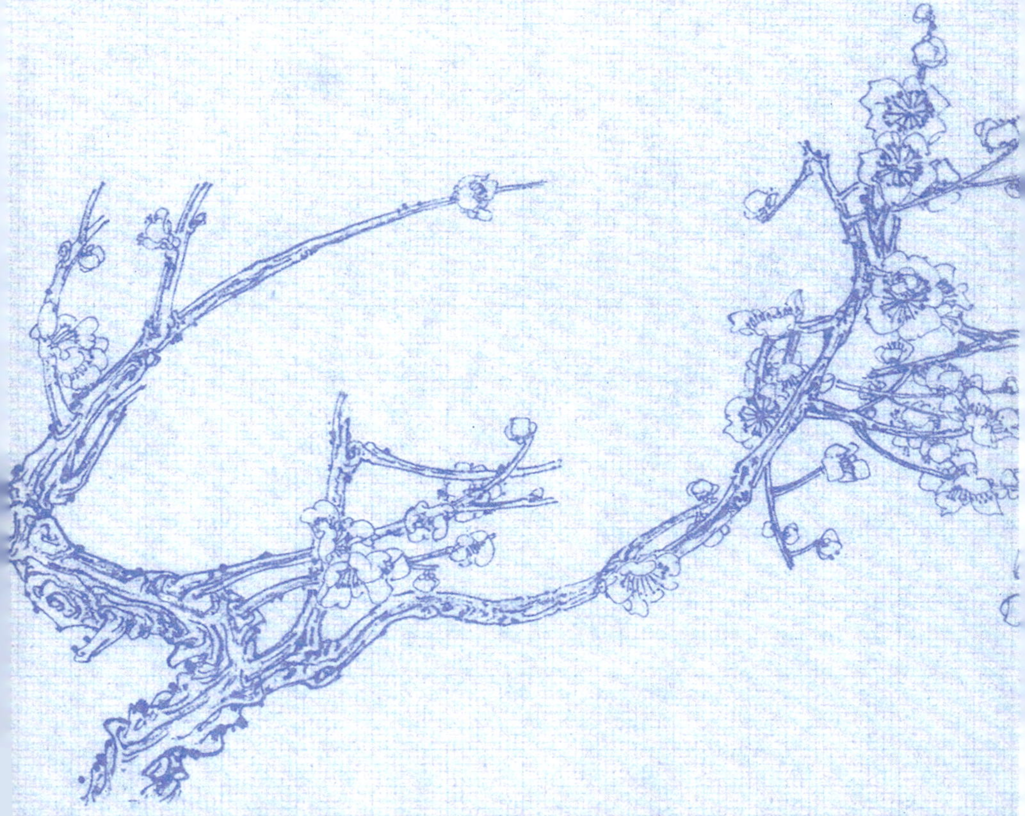

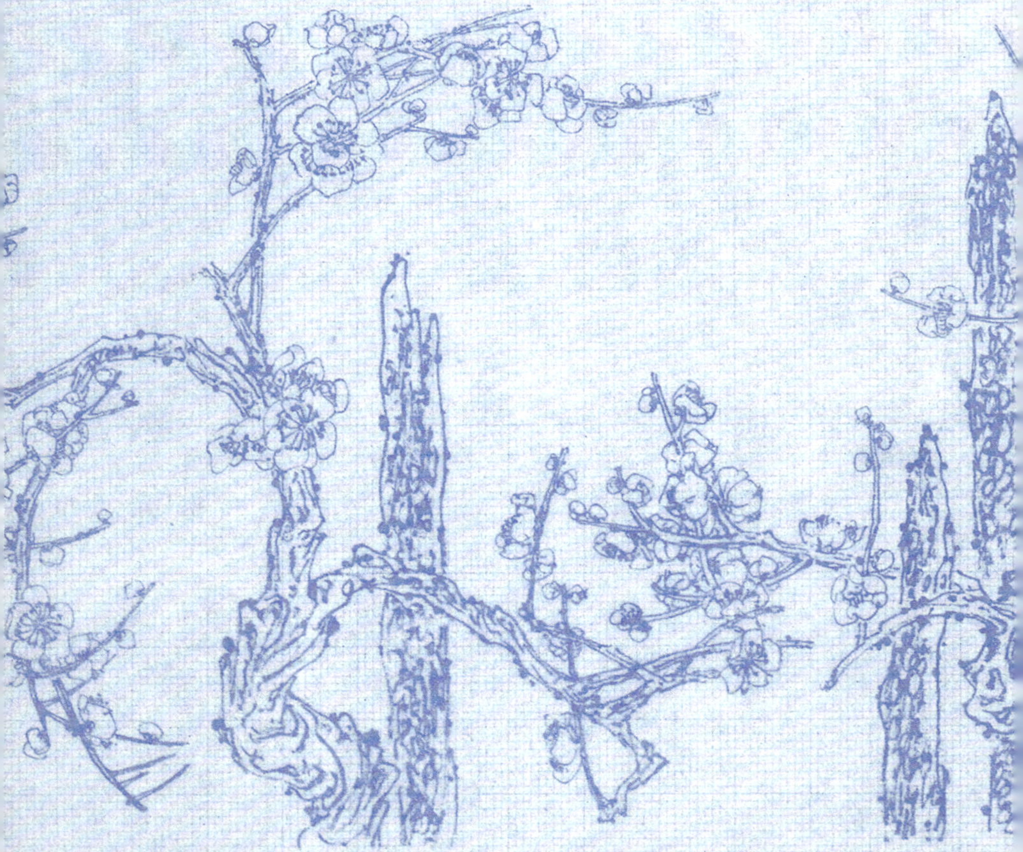

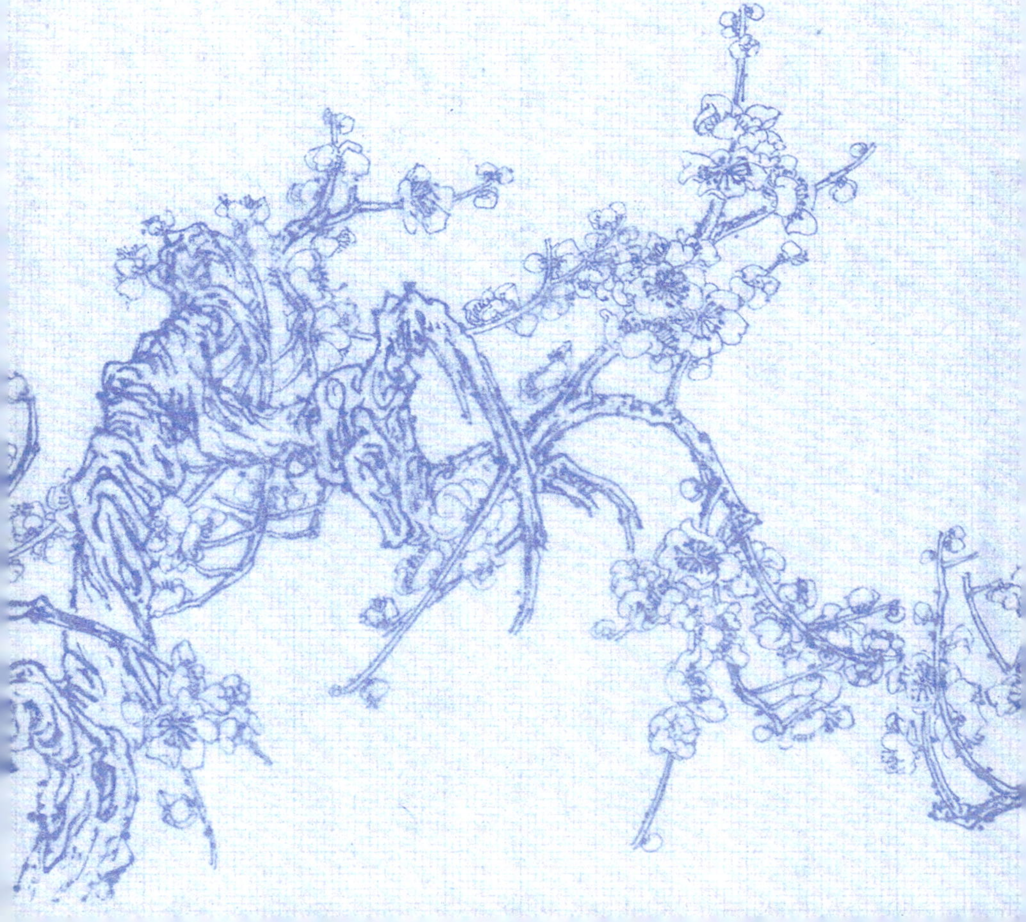

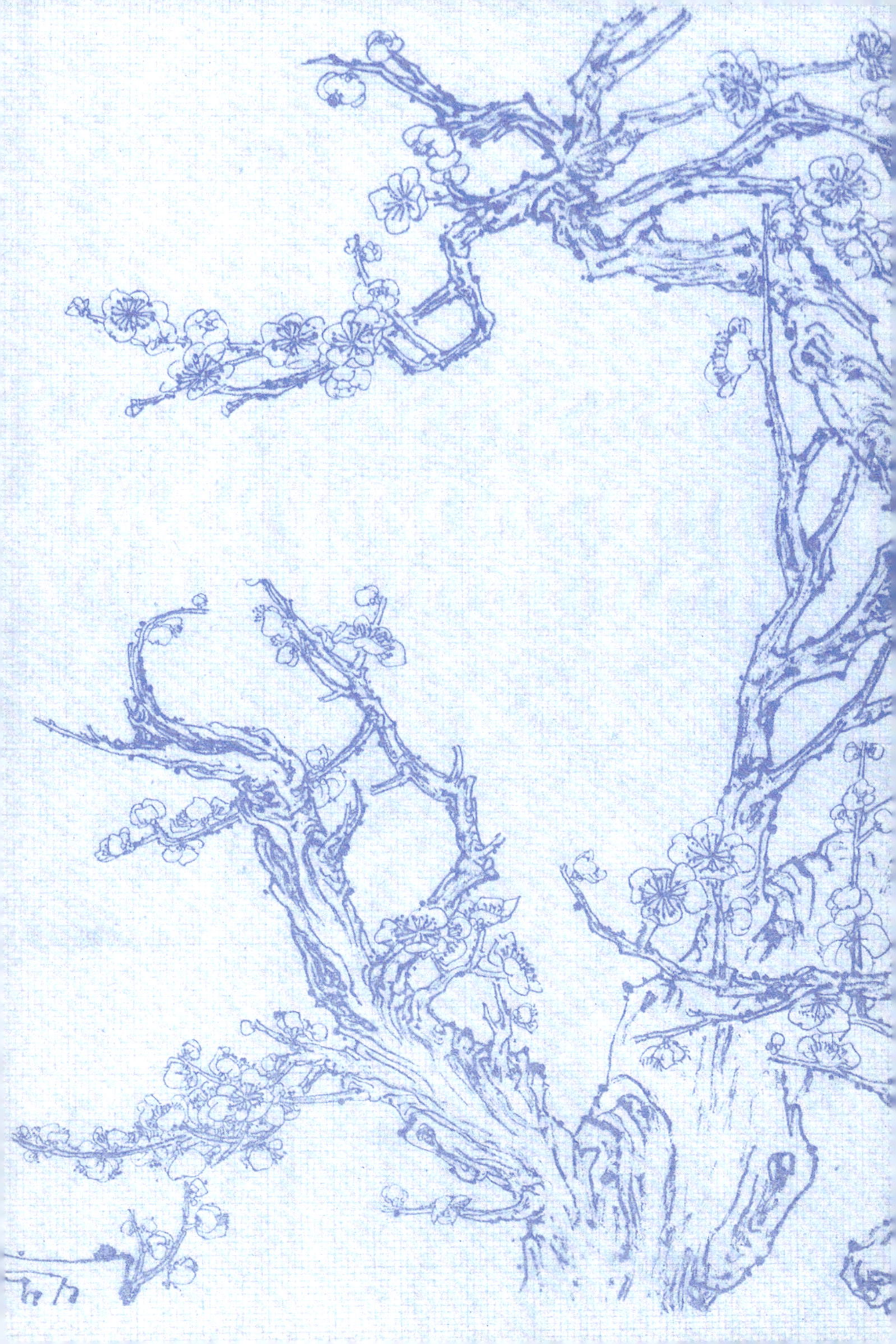

诗约香雪

主编——叶延滨　范小青

江苏凤凰教育出版社

主　编

叶延滨　范小青

执行主编

汪　政　顾建列　周黎敏

编　委

查伟峰　张剑清　张建明

孔居荣　凌　奕　吴建卫

汪宏胜　葛　芳　施晓平

梅花开在诗歌里

范小青

香雪海是我家乡的海。

可我的家乡是水乡，没有海，所以香雪海它其实不是海。

但是，谁又能说这个“海”字不是它的恰如其分的写照呢？

所以，香雪海，它又确确实实是海。

沿着邓尉山，沿着太湖，延绵伸展，弥漫绽放，几十里啊，全是梅树。你极目远眺，你尽情展望，你的眼前，你的身旁，你的脑海，你的心头，全是的，尽是的，梅林梅树梅花，一望无际，如海如雪。你已经淹没在如雪的梅花的大海之中了。

我家乡的香雪海，我去过的次数是不少的。从前，孩子小的时候，会带着孩子去看海，后来，来了远方的客人，会陪他们去看海，或者，哪一天自己的心思忽然就动了起来，想海了，就去。

总之，既然是家乡的海，就会随随便便就跑一趟，方便，有点像自家的后花园，很亲切，很自在，很嗨的感觉。真是很拿自己当自己人的。

怎么不是呢，香雪海就是苏州人的骄傲呀。

就算不能常常的去看海，心里也是一直记着的，就像"梅痴"吴昌硕，想海了，没有去，就写诗道："十年不到香雪海，梅花忆我我忆梅。"

正因为觉得它就是自家后花园，似乎闭上眼睛也能看到、听到、感受到它的秀美，它的壮阔，它的气势……明代就有人说过"梅花之盛不得不推吴中，而必以光福诸山为最，若言其衍亘五六十里，窈无穷际"。

如此，大约真的就是熟读香雪海，熟识香雪海，真正是和香雪海亲密无间了。

且慢。

因为现在，我的手边，有了一本诗集，一本今天的诗人吟咏香雪海的诗集，让我们从另一种美好而独特的角度，再一次打开香雪海，走入香雪海。

这本诗集，是一次诗歌活动的结晶，是一次诗与梅花的相遇。

那时候，冬天刚刚过去，春天还在来的路上，走得比较慢。是的，就是那个"二月春风似剪刀"的二月。虽然"剪刀"是用来裁剪树叶的，却也让人领略着乍暖还寒的冷意，听上去、看上去，到处都是寒飕飕的。

可是，有一个地方已经十分柔软和温馨了，这里暖意四溢，这里满目美色，这里比真正的春天还靓丽。
这就是二月的香雪海。

在二月的香雪海，有人来了，有客人来了。他们从远方来，他们是一群诗人，是一群热烈的人，是一群忧伤的人，是一群性情与梅花相投的人，是一群会把心留给梅花的人。

这样的一群人，来到如此诗情画意的地方，于是，一场美好的约会展开了。诗人说，我要竭尽全力赴一场约会。

诗人说，遥远的春天，在记忆中慢慢苏醒。

在这里，诗人和梅花，相映成辉，珠联璧合，诗人在梅花的海洋里徜徉，梅花在诗人的心间行走。于是，诗人和梅，共同孕育出了他们的孩子：诗。

是的，后来他们走了，但是他们把诗留下了。

留下了诗，也就是留下了一切。

这才是真正的将自己融入了香雪海，也将香雪海融入了自己，这才是真正懂得了香雪海，懂得了光福，懂得了吴中大地。

梅的品质，梅的性格，梅的形象，汇成了诗海；诗的意境，诗的句子，诗的样子，还原和提升了香雪海。当下的鲜活的情感，现代的先锋的诗人，和古老的梅花，和永恒的梅花，组合成了这一部独放异彩的诗集。

当我们的短浅的目光还停留于梅花的具象美，诗人的灵魂已经升腾在梅的精神境界之上。当我们的笨拙的身体穿行在梅树的现实世界中，诗人的情绪早已经飞越了千百年的时光和千万里的空间。

从 1696 年江苏巡抚宋荦写下"香雪海"三个字，至今，已经过去了三百多年，几个世纪的风霜雨雪，又算得了什么，"不经一番寒彻骨，怎得梅花扑鼻香"。

待来年，诗人们还会再来的，因为他们知道，光福、香雪海，只是秀美吴中的一角，在我们的吴中大地上，有许许多多的香雪海，有许许多多美丽的海，等待着我们的诗人，等待着我们的文人，等待着我们每一个人。

目录

梅花开在诗歌里 范小青 001

白小云

香雪海 004

和弦 007

车前子

无诗歌 010

尘缘 011

万物 013

程　维

吴中香雪海游记 016

登光福寺塔眺太湖 017

吴中遇宋荦有怀八大山人 019

闻梅馆 020

花下客 021

梅花亭 023

惊艳 024

葛 芳

访问梅花（一） 028

访问梅花（二） 029

访问梅花（三） 031

黄 曦

在香雪海，想成为一枝梅 034

铜观音寺，或光福塔 037

探梅记 040

贡才兴

光福塔下的雪事 044

静候一场雪，或雪隐梅朵 045

塔下，雪中与一羽白鸽交谈 049

梅，迎着飘雪款款而来 051

梅花落尽南山 053

谷　禾

花事近 056

在湖边 058

梅树下 061

顾小英

邓尉探梅（一） 064

邓尉探梅（二） 065

邓尉探梅（三） 067

邓尉探梅（四） 068

邓尉探梅（五） 069

邓尉探梅（六） 070

果而默

看梅 074

梅园 075

从此窗 077

汗　漫

在苏州访问梅花 080

风一吹 081

游园 083

梅花册页 084

想起暗含梅花的人 086
雨中赏梅 087
在光福寺赏梅怀杜甫 089

胡弦

梅花引 092
评弹 095

李德武

在永慧禅寺看太湖 098
造访梅林 100
穹窿山闲坐 101

梁晓明

与香雪海有关 104

香雪海的梅 106

陆 健

香雪海 110

香雪海梅花 113

经唐寅画《黄茅渚小景图》处 114

太湖鱼 116

缪克构

我把雪梅领回家 120

施晓平

香雪海边一株梅——明末清初高士徐枋 124

香雪海 126

苏　野

香雪海梅赋（外一首）　130

登光福寺塔　133

小　海

香雪海咏梅　136

徐海龙

梅桩　140

总有几树梅花先期开放　141

探梅路上遇妙玉　144

冲山佛雕街　147

那些多余的力　148

徐 可

梅的心思 152

在姑苏与一场雪相遇（外一首） 155

肖 蠡

白梅 160

红梅 162

霜过天晴的梅花 165

雁 西

春天的镜子在为你写日记 168

每个遇见你的人都在悄悄爱你 169

哦，香雪 172

你清楚我是什么样的人 175

这时候，多好呀 177

花仙子 179

叶延滨

香雪海（外一首） 184

走进另一片“香雪海”——读历代诗人咏梅诗选《光福香雪海》 186

叶 橹

光福镇的梅花开了（外一首） 190

石嵝庵 193

育 邦

过光福寺 196

过永慧禅寺 198

臧 棣

太湖梅花节入门　202

和天堂比不如和香雪海比　205

梅花亭入门　207

张 况

光福赏梅　210

香雪海读梅　212

梅姊妹　215

后记　顾建列　224

白小云

原名蔡丽娟，生于苏州张家港，现居南京。在《诗刊》《星星》《诗歌月刊》《诗选刊》《中国诗歌》《草堂》《钟山》《雨花》《上海文学》《青春》《芳草》《安徽文学》《延河》《鸭绿江》《青海湖》等刊物上发表作品若干，出版短篇小说集《自私的猜测》。

香雪海

看梅时，他们想念雪
“梅须逊雪三分白”

梅蕊上盛开着雪的灵魂
梅花不承认，她的精神与雪不同
丰富自视不须多言

雪保持沉默
借着被想念可浮于春枝数日
多么幸福，梅花的身体缤纷

而雪深知梅花的苦
正如看雪时他们想梅
“雪却输梅一段香”

被视作彼此，它们因为不同的相同
而被一起爱着，幻觉的海荡漾

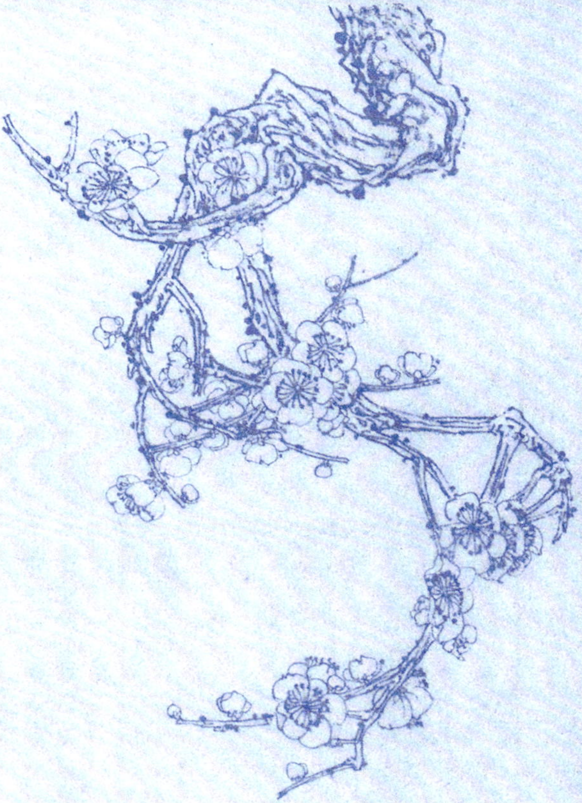

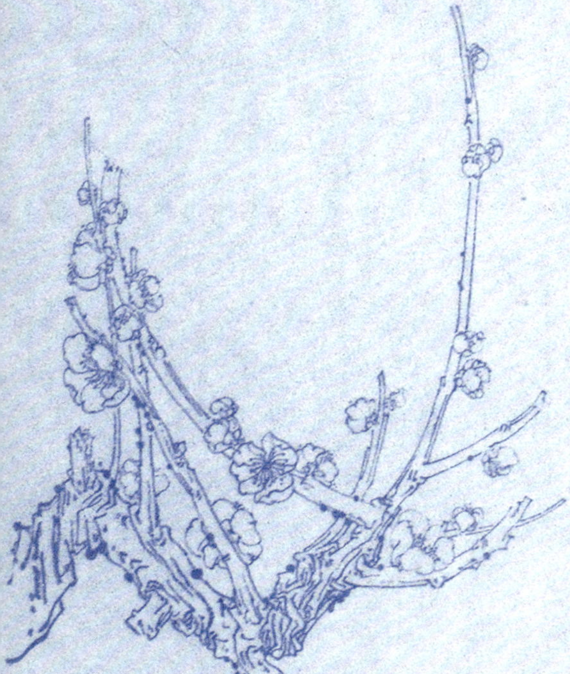

和弦

要么热烈、要么冷漠
即便枯黄也做绿色的梦
而芳菲时骨缝里寒风无限
这一点我与你相同

你仿佛无挣扎地属于两个极端
时间的首尾上梅花开很久、白雪落很久
两端聚成一点，矛盾和解很好
固然很好

——你的一生被不断拉长
所经的路线如弦
所得的紧张如松弛
放手时的弹动如歌

车前子

原名顾盼，1963 年生于苏州，现居北京。一个还在写诗的画家。出版有《新骑手与马：车前子诗选集 1978—2016》《木瓜玩》《老车 · 闲画》等诗集与散文随笔集三十余种。获得过不解诗歌奖、诗东西诗歌奖、中国桂冠诗人奖、2016 腾讯华文十大好书奖等奖项。参加过剑桥、鹿特丹等国际诗歌节。诗歌作品被翻译成英语、法语、德语、日语、荷兰语、阿拉伯语、罗马尼亚语等多种语言。对他而言，"诗人选本中的自我，仅仅是件艺术品"，如此而已。

无诗歌

在树下昼夜梦游的是两条河。

你们留下一些影子用南方的风，

学习光阴如何大地上除草。

尘缘

燕子两条腿，
时常拨开，
因为中间有一块青天。

（围在燕子四周的，
是土地。

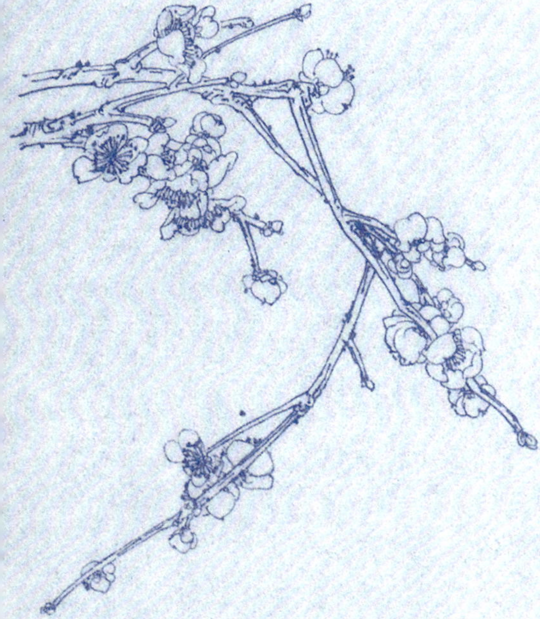

万物

我要她，
为自己的水，
负责。

每条河里，
都有一块，
像天鹅绒，
长着黑毛。

（饮食可怕，而起
居规
律，每份贺
礼，你，日
月。

山川灵气，是万物有钱，
能把全人类买下。

程维

中国作家协会会员、江西省作家协会副主席、江西省作家协会诗委会主任、南昌文人书画院院长。著名诗人、小说家、画者。主要著作有：诗集《妖娆罪》《他风景》，长篇小说《皇帝不在的秋天》《海昏：王的自述》《浮灯》，散文集《画个人》《南昌人》等。获中国作家协会第八届庄重文文学奖，入选为中国新诗百年百位最具影响力诗人等，其新写意人物画广受推崇，为国内外藏家与艺术馆收藏。与陆健、雁西、张况并称为"中国诗坛四公子"。现居南昌。

吴中香雪海游记

钻进花堆里，风流一次
记住了香雪海的名字
花上看雪，花间饮酒，花下踏歌
人生的快活，莫过于此
把一冬的雪搬过来
也没法跟它相比，把半世遇到的
美人，请过来，也不如它的姿色
这花团锦簇的艳阵，你不来
还真破它不得，你一来
花就将你埋没在它的雪肌里

登光福寺塔眺太湖

爬上去，空空如也
只是身子高些，望得更远一些
太湖像一面镜子，折射出反光
一片片白帆，如同水下伸出的鱼翅
不断朝塔上的人，打着熟悉的手势

吴中遇宋荦有怀八大山人

没错，八大的老故人
江西与江苏，两江巡抚
你向八大索画之后
就犯上了风雅癖
我在吴中赏梅，居然和你不期而遇
香雪海三字，题得恰好
我在两块巨石上见到你的留名
石头下，拖着一条孔雀翎

闻梅馆

古时候我肯定来过，在清代
闻梅馆接待过的那些人里
有一个，坐了很久的，应该是我

花下客

我写梅花，碰到的第一个敌人
就是钱谦益，青山对酒，白发寻春
他已先在光福待下了
我只有闲着，没有必要动笔
大片的梅，在构思中绽开花瓣
我不知如何是好，躲进圣恩寺
梅花早就在墙角等你，它要挤进一首诗
以粉身碎骨的代价，打入文人行列
抱病吐血，也要丹点美女的香帕
好在我寂寂无名，只是梅花下一个过客

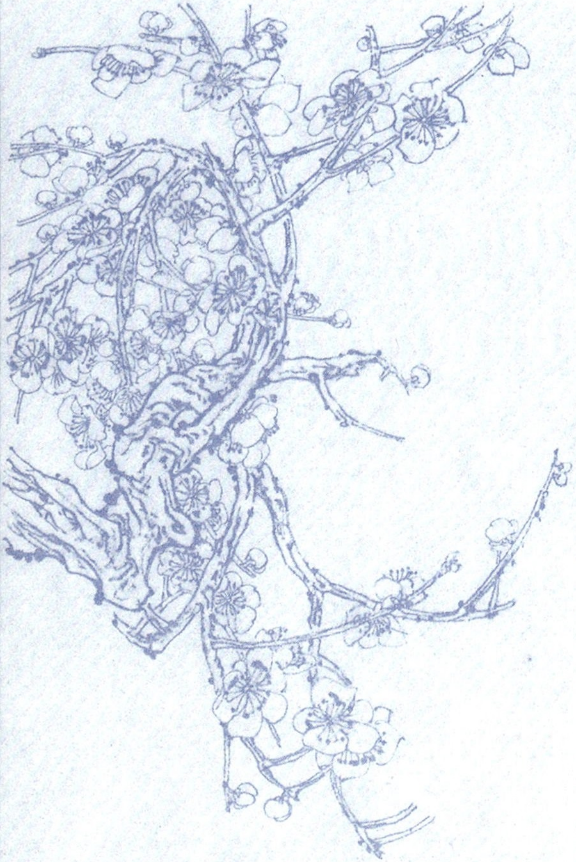

梅花亭

大师之手，可以用木头，石，柱子，瓦

营构一朵梅花，大师之手

把梅花筑成了亭子，一鹤飞来

憩在亭顶，再也不走了

惊艳

太湖不可不来，香雪海不可不看
尤其在二月，搞诗会都在其次
但它确实给我提供了一个认识香雪海的机会
否则不会和这么多的梅花相遇
否则就错过上苍对人间的珍贵赐予
除了美人，除了香雪
此外，我还真不知道什么叫惊艳

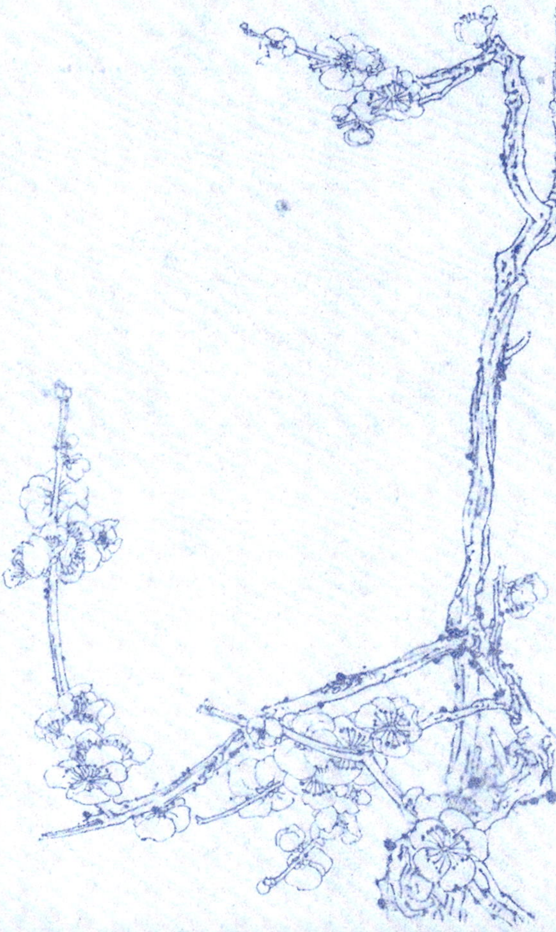

葛 芳

中国作家协会会员，江苏省作家协会第五、第六届签约作家，苏州市吴中区文化艺术名家，苏州市吴中区作家协会主席。曾获得第四届江苏省紫金山文学奖新人奖、第五届冰心散文奖。小说多次被《中篇小说选刊》《小说选刊》等转载。先后出版散文集《空庭》《隐约江南》《行走苏州 古镇乡村》《南极之南，远方之远》，小说集《纸飞机》《六如偈》等。

访问梅花（一）

日暖风静

有人轻轻说

香雪海的梅花开了

袁宏道来了

携着画船、箫鼓、长堤、桨声、歌声

曹雪芹来了

带着妙玉

收邓尉山梅花上的雪水泡茶

你也来了

骑一单车

拙拙地

向千万朵梅花致敬

生命原是一场盛大的邂逅

访问梅花（二）

玉音叮叮，枣花细落，煮茶煎声

你在宝泉路

听一切细微的声响

倪云林正画《渔庄秋霁图》

想到晴天孤鹤

想到虚亭映竹

然后喝口你沏的七宝泉茶

人生大大小小的遗憾

在瞬间被弥补

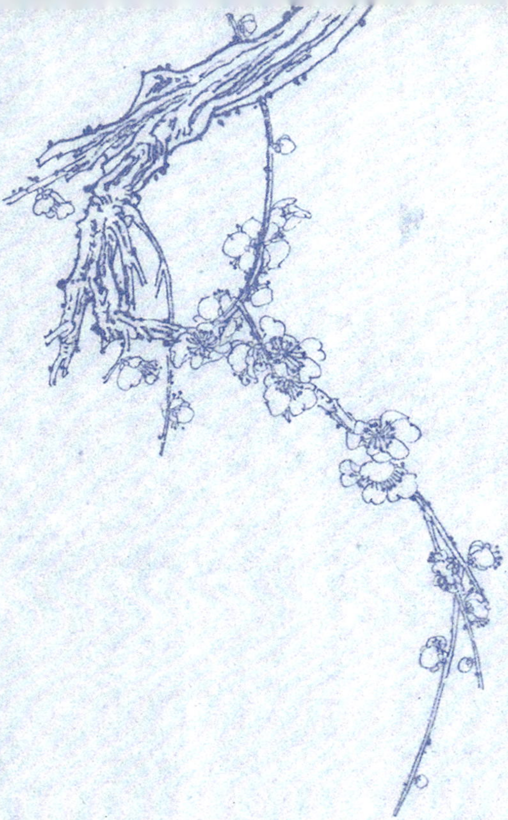

访问梅花（三）

永禅寺的诵经声
在浩淼水色间悠游
藤葛相缠，野花恣放
你寻踪到此处
确是仙人在指路
梅花、桃花、杏花、梨花纷纷开且落
是废名式的仙气和佛性流盼
你是过客
也是主人，拥有
一抹微云，几根衰草，万顷湖面

黛 微

江苏太仓人。中国作家协会会员。业余习诗，在《诗刊》《中国作家》《扬子江诗刊》《上海文学》等多种报刊发表作品300余篇。著有诗集《或远，或近》《燃烧，爱》《江南》等6部。部分作品入选各种年选。创意建立江南民间现代诗歌馆。曾获诗歌月刊2012年度诗人奖、2016年现代青年杂志十佳诗人、2017年中国（佛山）长诗奖、中国新归来诗人优秀诗人奖、中国诗歌万里行百年新诗优秀诗人奖。

在香雪海，想成为一枝梅

在香雪海,想成为一枝梅
二月里,娇羞地绽放
只为刻骨铭心的爱,唯美一生

我们的抵达,使山水间
梅的事物,更加充沛,丰盈
识趣的微风,低于幽径
让大片的云,铺展可掬的憨态
与鼎沸的人声,交织赞美的目光
谁,拈花一笑,闻着福祉的墨香
又怕沉默太久,伤了梅的自尊

我看见,一些惬意的蜂蝶
在枝丛间,做着流蜜的花事
有铺天盖地的光,以壮美的情景
为坚如磐石的爱情,灵动,飘逸
只一个瞬间,我的眼睛
溢涌的深情,投射出内心的真实
谁,会以另类的爱,抱怨失恋的私密

这一刻,美已入骨。我怎能与你诀别
在香雪海,想成为一枝梅
不舍昼夜。即使相思成疾,我也要
以足够的芳菲,找到春的地址

铜观音寺，或光福塔

侧身，循窄石而上
再一层，木梯吱吱作响
谁，额际暗渗盗梦的汗滴
打滑的咽喉，隐隐作痛
此刻，喊破嗓门
塔，还是一座无辜的塔

没有后悔的事情。最高处
一眼望去，林墅，金殿，修廊
老僧指点古樟，慈云缭绕
素净的内心，恐惧已是阶下囚
一刹那，就有了光
甚至灌醉的风，也在空气中焦虑
我，不再与廉价的面具
计较与世隔离的感觉

远处，青山才露尖尖角
湖上片帆，早已断了我的去念

用心打量：依约而至的春光
一声不吭。谁，隐瞒了爱的章节
那么，我试图留着的记忆
又有什么意义？

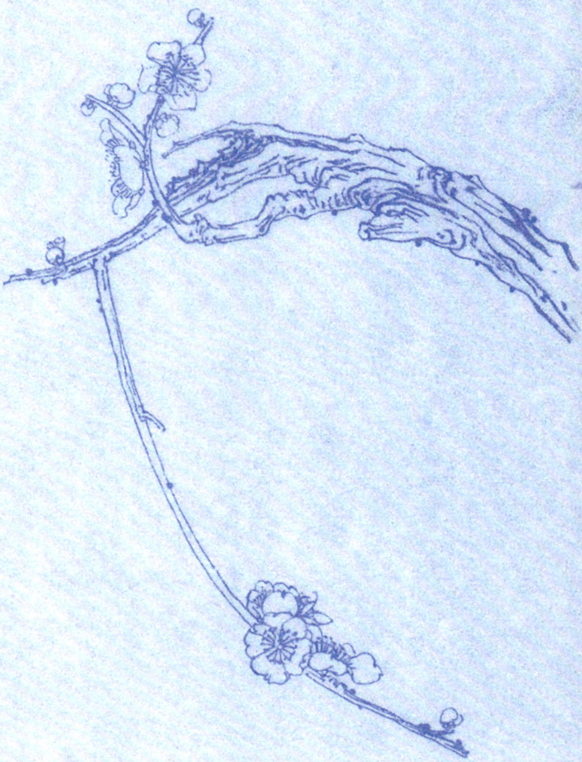

探梅记

暖阳，把香雪海的空间
结满恩爱的花朵，白的梅，红的梅
以及墨梅与玉蝶，暗香轻拂

它，统率二月的风景
单纯的仰望，只剩赶路人
踌躇的背影，顺从风的轻盈

一切恰到好处。行至林中幽谷
越是深入，越想说出
整个午后探梅的欢愉
与我经历的事
发生的，或者还没发生的
惊起生命之外，暗合的呼吸

半坡白梅，恍若轻烟缭林
我，何以迷不知出？
还有谁愿意，与万树梅花
错失爱的约定，以思念的方式

悬于逃逸的半空，只能孤独而萎靡

凌乱的幻觉，被众多的眼神淡化
石阶上，踉跄的脚步
伤害不了内心的倾情
上山，或下山，我都能看到
梅花轻掠的影子，它们
已经成为香雪海的一部分
现在是二月，早春定形的灵魂
从来不会让人失望
谁说，我需要命运的晴雨表？

贡才兴

1968年3月18日出生于苏州。江苏省作家协会会员、苏州市吴中区作家协会副秘书长。从1986年开始写诗,先后发表诗作、散文千余篇。2012年出版个人诗集《月光中的水滴》,2017年出版诗集《山水中的呼吸》。

光福塔下的雪事

光福塔的檐铃与铜观音寺的木鱼声
是一致的　可以在一些缓缓的事物面前舒卷

邓尉山上的梅汛与龟山之巅的天竹红果
是相知的　一团团的白雪簌簌地落向山坡

司徒庙前的“清奇古怪”与圣恩寺的“华严经幢”
是一脉的　身影如雪的灯盏　只有佛祖愿意吹熄

蟠螭山上石壁与西崦湖畔的风帆
是贴切的　心归空境　时间的瓷片正填充松风水月

江南岸的柳枝与九州聚散的墨客
是相映的　梅枝从历代诗文中斜逸而出　抖落成现世香雪

静候一场雪，或雪隐梅朵

一群野兔掠过梅朵的身影
有些卑微的事物总在低处游离
“生即离开　死即进入”
悲悯于大地册页残留的花籽
雪之孤光　席卷起内心潜伏的欲望

万念成羽　一路纷飞

茫茫雪阵穿越过我们久别的人世
什么都掩盖不了　只留下隐忍的痕迹
一无孤独的宁静　擦拭灵魂之迹
今夜雨雪镀亮着旧年的村舍
雪隐于梅　灵性的孤独无限弥漫

万物万象　一切归于无常

那些翎羽　迎着猎猎风尘行走
一切从零开始　始雪归于零
除了这些卑微的　执意绽开的花骨

天地间还没有与之匹配的纯情
而那些一闪而过的事物　正磨损着时间之轴

愿天降大雪　山中无人

一树腊梅绽开了春——
灿若繁星的梅蕾蔓延成了海
与山中一枝梅亲近　倒映出无人之境
步步回头间　唯有寂静与乡愁方得相遇
倘佯梅林　把一个人的内心映得山川起伏

从此心性了然　万物伊始……

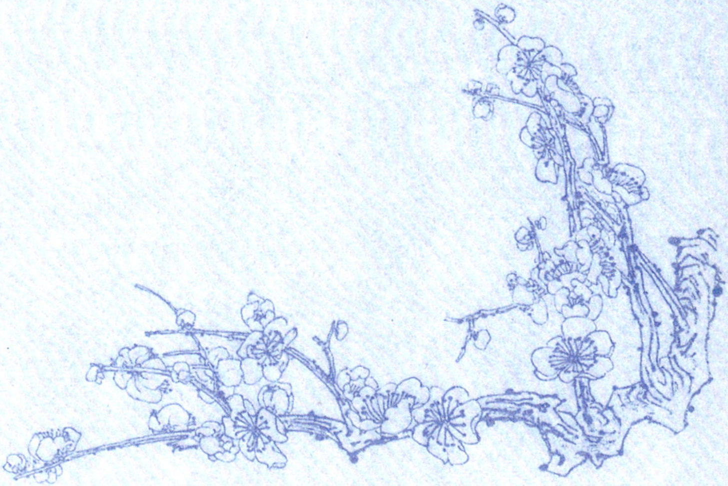

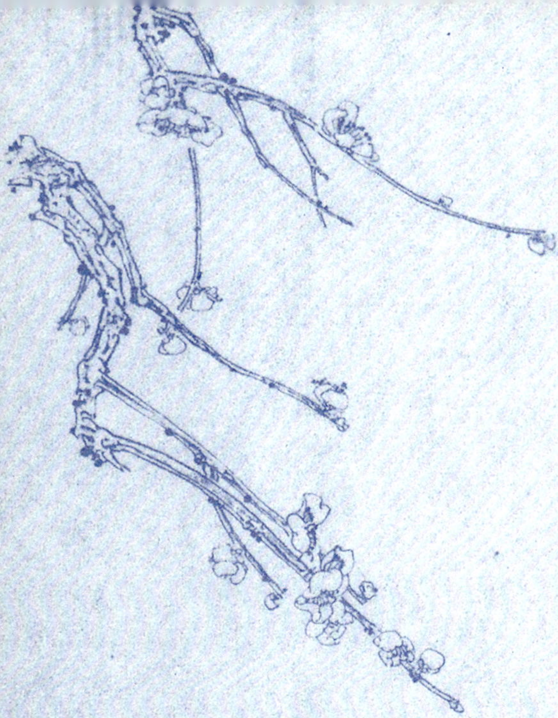

塔下，雪中与一羽白鸽交谈

塔下　池畔　梅开几分
一羽白鸽　穿越如此盛大的雪阵
——来容于我相见
祥和沉静的倒影　于静波中宛如天仙
那些隐隐发亮的羽翼　从容的步履
她用平静的眼神抚慰荒凉的安静

她忽飞忽落　在池边做自己的神仙
我听见那寺塔的檐铃之音穿越
因越来越遥远而更为贴切
雪色几分相映　愈加空灵　明澈的喻意
“下为重楼　上系金盘　右绕三匝”
能否重获无善无恶的境地？

塔下　一个暮归俗人与一羽白鸽轻声细语
大雪过后　人们也将走出寺门回到原处
呼进青白气息　必须确认这份自我寒意
认领一羽白鸽在雪中寂然低咕……
飘雪淅沥春声碎　禅语入心

我就会原谅人世间所有的罪恶与喧嚣

岁月凛凛的碎片　被覆于时间肋骨之上
“潭影空人心”的时候
雪将消融　梅枝嫣然　点燃那一抹红艳
一座不老的寺院　回荡起澎湃的钟声
一地白雪　又清又缓地分解出净水　进入内心
让一个人的身体和灵魂　回归今世肉身！

梅，迎着飘雪款款而来

在寂静的春山里　飘雪
是一些记忆的碎片　被遗忘又会被记起
关乎梅　关乎雪落在月光废墟里的吹息
在山林之间　铺展开那些意料之外的深远
仿佛体内憋着的涌流向着太湖深处

一朵又一朵梅映着雪　纯真世界有了一片星辰
灵魂集结之城　从有到无　从无到有
它越过层层众多的事物及远处的村舍寺院
雪色几分中　把人世从深渊升起
——上升到你自己望见自己的高度

在大雪冰封的来路去处
梅　落寞在远山　千里的澄明高于现实
遇见遗忘中未被相识的事物
漂浮尘中　天下众生鸣响着彼此呼唤
如此慈悲中矗立坚强　清冷中更显辽阔

一枝又一枝梅　正沿着茫茫雪阵扑息而来

时光之酒的狂野　盛开出轻盈
生命可以如此纯粹　大地的胸腔泛起救赎的光芒
越过阴霾　酷寒　霜雪　界线……
隐逸在卑微低处　彼此相融

梅花落尽南山

梅花已落尽了南山
必须记住一个痛苦离别的时辰
穷尽一生的老岳父　背上酒壶
去了他年少放牛的山坡

梅落枝头　碾泥如尘
像极了一个人的一生
惊蛰的雷　滑过出殡的鼓声
承接着人世无故的哀伤

静穆梅枝笼盖乡野　你委身一隅
那些逝去的容颜　气息　精神　即将永恒
跪拜于细雨绵长的现世清明
我在送你的路上　也在归去路上

谷　禾

1967年出生于河南农村。20世纪90年代初开始写诗并发表作品，著有诗集《飘雪的阳光》《纪事诗》《大海不这么想》《鲜花宁静》，和小说集《爱到尽头》等。现供职于某大型期刊。

花事近

从邓尉山顶远眺，星星点点的红和白
晃动，又消失了踪影
草色若隐若现，雪约等于童话
枝条在风中起舞，如你暗香浮动的臂弯

白墙与灰瓦，安卧时光里
小桥流水却不再，春光斜倚堤岸
依然有失眠的人
从鸟鸣声里，辨析浆声和灯影的远近

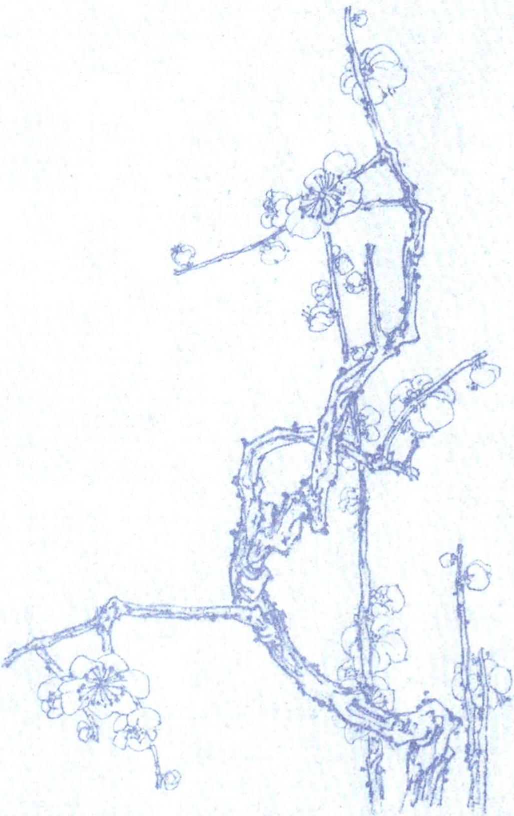

在湖边

纱帘如浪波，谁的身形一晃而过？
从生到死，一张张脸
任由同一人借用，如月轮照彻人间草木

而老榕树虬曲的枝条儿
从哪块骨头长出？
它扎根去远，沿路向泥土深处汲取黑暗

湖水如梦寐。更多的梅
离开园子，临水照镜，窥探前朝的旧时光

路上的尘埃，心悸地
腾起又落下
也追不上飘过的芒鞋，轮毂。日升日落

黑色瓦楞向湖心倾近——
湖水缓慢地收拢
夕光里的石栏，拱桥，亭台下的旧巢和青苔……

纱帘后的人，从没现身过

她随风来去

偶尔送来，身体里的暗香或乌有之雪

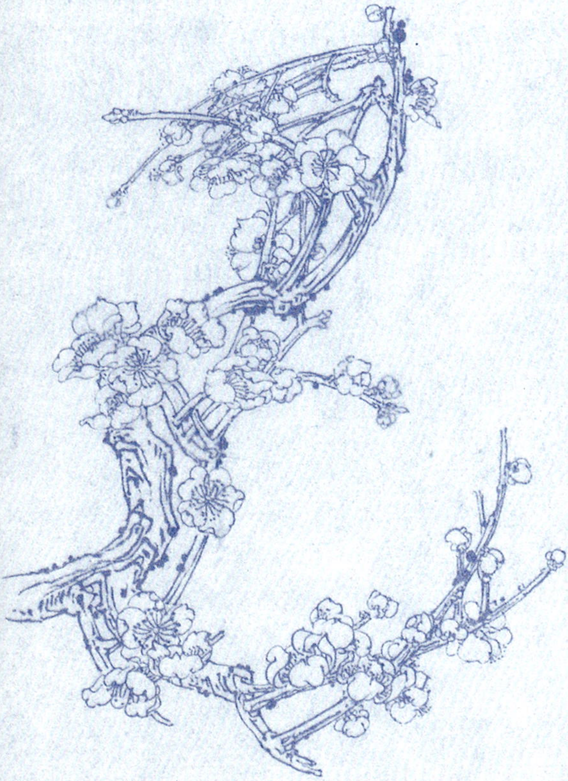

梅树下

梅树下落满了残花
一地的叹息
风不吹就散了，剩下光秃的枝柯
像苦修的僧侣

梅树下也走过恋人
他们在花前
对月起誓、拥吻、欢笑。转脸又哭着离去

梅树下坐过老者
从早晨到暮晚，他沉在回忆里
听松竹飒飒
像老妻，反复叮嘱他折一枝梅花带走

梅树下，跑过一群婴童
他们月亮的脸蛋儿
黑黑的眼睛里，流转着梅妻鹤子的全部传说

顾小英

20 世纪 70 年代生于苏州。中国作家协会会员。在《作品》《诗歌月刊》《雨花》《西湖》《散文百家》等刊物上发表过作品。出版诗集《唤醒》和散文集《故乡的冬天》。

邓尉探梅（一）

冬天叛离，枯木逢春，
爱封存在心里。
溪水赶路，梅枝盛开，
冰层破裂，手指变暖。
一个遥远的春天
正在记忆中慢慢苏醒。
故乡站在远方，
你的招手渐渐模糊，
慢慢转身——
我要竭尽全力赶赴一场约会。

邓尉探梅（二）

谁听见了我的欢歌，

谁在远方哀悼。

拯救！春天，

请把残败的昨日收藏、把心底的热望

寄语——

一枝梅的梢头。

一桩未开启的心事

被一枝孤独的梅饮尽。

翻卷的爱，

忽明忽暗的光线，

引领我在人生的寂静里沉浮。

邓尉探梅（三）

山寺藏得很深，
一只孤独的狐狸，
它低头走路，
它嗅着梅的清香，
谁能读懂它眼里的泪光。

推开寺院深锁的重门，
台阶被僧人的脚步踩得光滑，
被露水打湿，
被一缕光照见，
被一条无限绵长的福祉之路引渡。

邓尉探梅（四）

虚拟的地名，
一缕祥瑞之光把你的前程点亮。
记忆闭合。花瓣
一片片绽放。
啊！那么多的花瓣
落在梅枝上，散发
淡香，人们唤作“香雪海”……

走在花枝下的小兽
连北方的诗人也猜不透。
她是谁？
谁是她？
除了一朵墨梅，她内心的
殷红，一滴滴
落在早春的大地上。

邓尉探梅（五）

一枝梅！娇俏的女儿，
爱的意义——
仿佛母亲嘴里含着的乳名。

时光推移，
飘浮，泄露，掩盖，
儿女的心事，重重，
在母亲的目光里纷纷坠落。

假如相逢是喜悦
让我替你摘去躲在命里的
一只寒冷的小虫。

邓尉探梅（六）

一枝梅
独自开放，暗香浮动。
江南。记忆里的某年某月某日
我们曾赴“光——福——”之约。
爱人，他的背影
在一截午后的光影里慢慢清晰
慢慢隐去……

果而默

本名何光炎。20世纪60年代初生于苏州,80年代初开始写诗,并在报刊发表。出版诗集《水清木青》。现居苏州。

看梅

去年还没看够
今年又已开了
明年、打开新的湖泊
———飘山而去

星影闪烁小鹿
枝干出神入化
幽幽香气
楼阁中与我独白

梅园

彼时，主人在外
在更远的暗香之外
却已返回此刻幽静

那样的钟点绿深深
纤细的风，针脚戳破满山
微小落花

从此窗

从此窗可以看见
山和梅花，以及一些云朵
可以自由打开
与你交流的方式
那也许很远，也许又很近

设想湖水的反光
围拢我们
鸟影掠过
你闻香的刹那
就是我闻香的刹那

汗 漫

诗人，散文家。居上海。著有诗集《片段的春天》《水之书》，散文集《漫游的灯盏》《一卷星辰》《南方云集》等。曾经获得《诗刊》新世纪（2000—2009）十佳青年诗人，人民文学奖（2007年度、2014年度），孙犁散文奖（2015—2016双年奖）等等。

在苏州访问梅花

二月，在苏州访问梅花。
双方进行了深入交谈，达成共识——

必须臂力如铁，才能在寒意中
捏紧一支生花妙笔
让梅花或者说汉语绽放出
被炎热和繁荣所遮蔽的真理。

会谈结束，共进午餐——
几团残雪消失在梅丛和我的身体。

患有近视、鼻炎等等疾症的人
对梅花的认知片面而又浮浅。
但我已经开始体验梅花的意境——
一朵头颅渐渐白。

但彻底恢复自我的完整性，尚需克服
狐狸的狡黠所带来的臭气。

风一吹

风一吹，梅花就从苏州评弹艺人的指尖
簌簌落满全城——
粉红、朱红、淡黄、金、浅绿、白……

太湖有着琵琶一般的轮廓和深情。

“妹妹啊，我劝你早早安歇莫夜深，
病中人最不宜磨黄昏”。
梅花是药、是病、是病中人？
在二月，雪、月色、梅花与妹妹们
已经无法区分。

苏州城里怀揣香水到处献媚的浪子
像病因，在落满梅花的旧城门里，
躲避评弹那一声一声的斥责与质疑。

天暖花事了，梅花在艺人的风姿中
传扬下去。

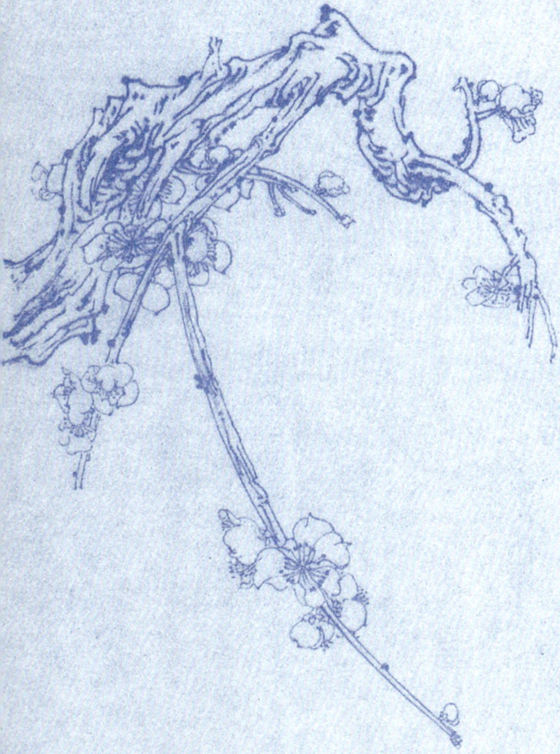

游园

在苏州游园，方知晓春色如许、流水潺潺。
遂想起杜丽娘和柳梦梅。

唯独梅花有力量生发一种强烈的爱情，
让柳树依恋不已。

明代的柳梦梅已分解为满城柳树和梅花，
新时代女子惆怅不已——
缺乏一个春梦而后惊梦，
缺乏一个男子来造句、抒情：
"情不知所起，一往而深，生与死彼此互通。"

伟大的诗人有可能成为梅花的眷属——
那盛开与凋谢，一年年彼此互通。

梅花册页

一堵残垣断壁，如老宣纸，
几株梅花有些恍惚，
觉得自己像一笔一笔刚刚画了上去。

在墙角蹲一个下午，
我也恍惚，快要成为这册页上的
竹叶或松针了。但又觉得自己
更像一盒被印鉴反复践踏的、羞耻的印泥。

天渐暗，梅花图由泼彩变成水墨——
只有白梅依然是白的，
像一个人的灵魂，克服昼夜的界限。

阴历是一个画梅花的隐者雅士，
半身大寒、半身雨水。
我的理想是成为吴门画派里的那一个
最老的门童、最高的门槛。

想起暗含梅花的人

在苏州，想起若干姓名含梅的人，
比如，我母亲，一朵衰老的梅花。
父亲在长眠中还能梦见一朵梅花
初次绽放的样子吗？

我血管里应该遗传着暗香、溪水和月色，
清洗种种隐疾，比如软弱与偷生。
胆结石也应该被冲刷成
梅花所赞赏的岩石？

想起暗含梅花的人，就惭愧于
自我的肥腻如同泡沫经济。
节食吧，跑步吧，像梅花
沿着修远有力的枝条跑进蓝天里去——

这是决定性的一刻。
一行好诗应该像一枝条梅花，
在一张白纸般大约十亩左右的深雪里
绝处逢生。

雨中赏梅

梅枝像即将完成的新鲜铁器，插入水中——
梅花就暗红着嘶嘶作响。
一行诗也应像一枝条梅花、一件嘶嘶作响的铁器？
若干赏梅的诗人正在谈论稿费和艳遇。
早春，一个因伟大而无形的铁匠。

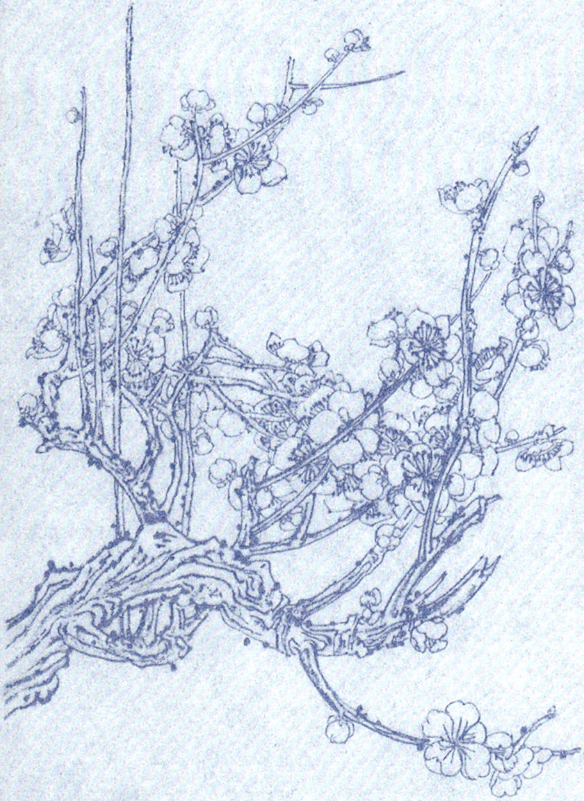

在光福寺赏梅怀杜甫

“梅蕊腊前破，梅花年后多”，
杜甫与我一同探身于梅花、吟诵。
光福寺檐下的风铃，偶尔当啷，
寻找韵脚以及落花制成的小鞋子。

阴历的美与力，自唐朝至今未易。
我像杜甫一样热爱登高。
在光福山顶俯瞰寺中梅花，
像看见自己的一个梦。

“语不惊人死不休”——
梅花一惊艳，冬天这一个诗人
就安心死去了。我写平庸句
尚能苟活于纷乱的尘世。

杜甫似乎没有来过光福寺。
怀想他，他就能在我头颅里复苏，
看山下太湖和南方中国
春愁依旧深重。

胡 弦

现居南京,《扬子江诗刊》主编。出版诗集《沙漏》《空楼梯》,散文集《永远无法返乡的人》等。曾获《诗刊》《星星》等杂志年度诗歌奖、柔刚诗歌奖、腾讯书院文学奖、花地文学榜年度诗人奖、十月文学奖等。

梅花引

那经历过的，再次变成未知，
像被枝条
反复使用而一直不曾确定的方向……

心则变成了大湖，闪着光，
爱上了一切有倒影的东西。

梅花开，那么熟悉，又像一个
陌生的语种。
——受了惊吓的幸福已转过脸来，
阴影是它脱下的衣服。

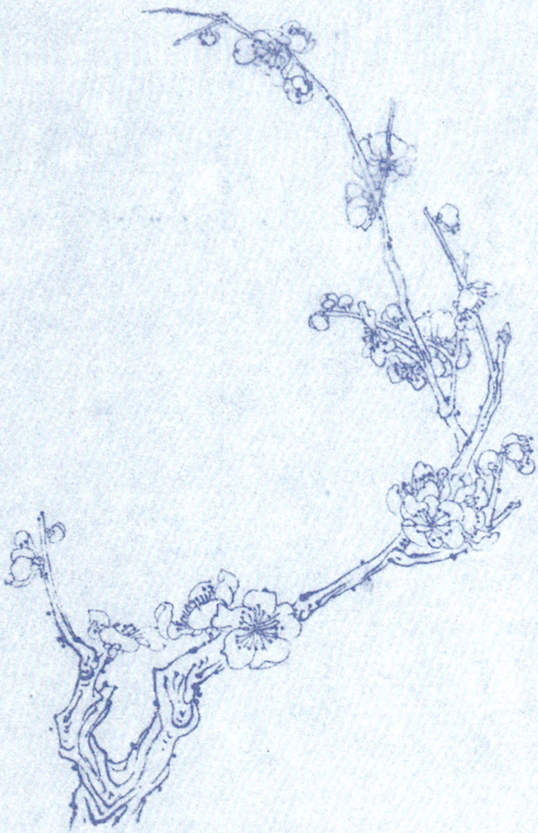

评弹

月亮是个悬念，在天上。
在水中，是悬念消失后剩下的感觉。

月亮落到回声底部，
又被好嗓子吊走——声音里
有一根线，细细的。木器在发光。

它再次来到水中，穿过城门、倒影、复印纸……
夜深了，
男人唱罢，收拾三弦，
女人卸下琵琶：她一生都在适应
月亮在她臂弯里留下的空缺。

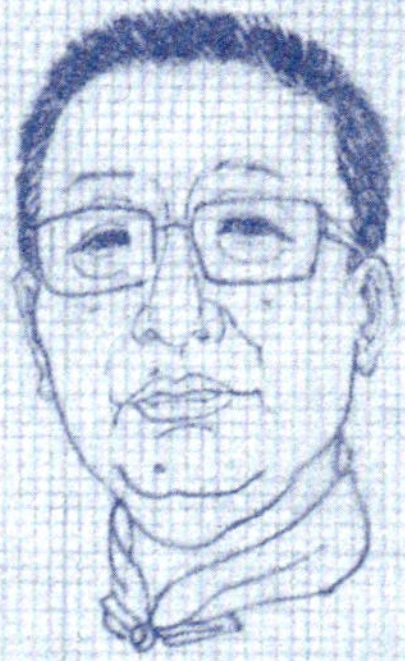

李德武

1963 年出生于辽宁彰武县。1983 年开始写诗。出版诗集《窒息的钟》《李德武诗文选》，与朋友合出《九人诗选》。曾主编民刊《玩》。2002 年从哈尔滨移居苏州。

在永慧禅寺看太湖

向前跨一步，越过禅寺的门槛
渔港里停泊着帆船，密密的桅杆
在春光下乌黑而寂寞

香烟、烛火。八百多年的石楠
顺着岩壁盘曲向上。黛瓦，黄墙
五百年的银杏树绿荫如盖

似乎什么都没有改变
除了碧螺春每年都是新的
除了游客惊诧和陌生的面孔

回过头再看太湖，烟波浩淼
如同云海，又猛然觉得
她其实就在一片银杏的叶子上

造访梅林

走进梅林
蜜蜂在飞，豌豆生长
墓碑都浸透暗香

如赴灵魂之约
四十年来，我是第一次
和梅花共呼吸

梅下饮酒，与梅促膝
敬梅树一杯，就是
敬我的前生和来世

让我小睡一会，我不困
只想梦游，寻梅踏雪
造访一位唐朝的花鬼

穹窿山闲坐

我在穹窿山顶闲坐
穹窿山在穹窿里闲坐

不说话，因为穹窿山缄默
竹林，流水，庙宇
我闻到腐叶香

绝险处还有蝴蝶
寻花问柳，遇见庄周
不分青红皂白
一两只，在僻静处，在阳光下

梁晓明

1963 年生，中国先锋诗歌代表诗人。1987 年创办中国先锋诗歌同人诗刊《北回归线》，1994 年获《人民文学》建国四十五周年诗歌奖，2009 年出席德国上海领事馆主办的梁晓明与汉斯·布赫——一次中德诗歌对话，2011 年出席韩国首尔举办的第二届亚洲诗歌节，2014 年出席上海民生美术馆主办的梁晓明诗歌朗读会，2016 年 7 月出席东京首届中日诗人交流会，2018 年被第三届华语春晚评为中国新诗“百年百位新诗人物”之一。出版诗集有《各人》《开篇》《披发赤足而行》《用小号把冬天全身吹亮》《印迹——组诗与长诗》《忆长安——诗译唐诗》等。现居杭州。

与香雪海有关

笼烟早已消散、远山看在眼里，却不是青春欢语
欢语在城内，几处街巷不看，发微信
说苏州进入你内心，那满眼馨香
的香雪海，是你最高的迷恋
却不顾我，宾馆高矮
我只得
独自
远眺
香雪海
你在欢语
在传话落雁
在我的心头划刀
把这几日的日落日出
变为难以承受的一段记忆
有风在吹，时光在催，我手上的
点点白皙，青发上的亮丽光泽，也如落入
这浩浩烟淼的无边的太湖，波起波推，又怎么可能

停息。
不能止。

香雪海的梅

传说是幼年的一处海边，有雪从天上来
她们纷纷扬扬，落入汴州
也落入长江以南
如雪，也如
飞花
细微散撒
并不在乎更多的马蹄，更多的斜眼
她们只向江南，只想江南
把一只暖炉怀揣到日落
也不多语，踽踽向南
宁可落地，化为花
化为最冷冬天里
幽微的一缕暗香
上枝头
如新的投胎

执意向南
完成了最为香艳的一次迁徙
在苏州，郊外

我沉寂无语

钟声一响

随钟声一起出发

飞飞扬扬中你倚栏坐下：

香雪海

香雪海……

陆 健

1982年毕业于北京广播学院，曾任职于中央人民广播电台、河南省文学艺术界联合会，现为中国传媒大学教授、中国作家协会会员。曾出版文学著作23部，获《星星》诗歌奖、《十月》文学奖、屈原诗歌奖、郭沫若诗歌奖、《人民文学》年度诗歌奖等奖项。在《人民日报》《光明日报》《中国文化报》《文艺报》《中国艺术报》《书法报》《澳洲新报》《中国书法》等刊物上发表书法作品近百幅；书学文章多篇，书法集2部（分别由河南文艺出版社、天津人民美术出版社出版）。书法作品被中国文字博物馆、青海省博物馆、山东省博物馆、湖北省博物馆、青岛市博物馆等收藏。与张况、雁西、程维并称为"中国诗坛四公子"。

香雪海

白梅花倾倒于太湖边的正月
正月的消息
正融化天道和人道
让天下败给这无边的白

既然你是梅花我也是梅花
那么就
让天下什么都没有
除了纯洁，除了哭泣
除了淡淡的梅的体香

所谓大海只不过比泥土
大一点，动感强些
所谓雪也只是天地间
不甘寂寞的水抱紧了低温
所谓香是人神暧昧的
嗅觉及其通道

覆盖图像，文字，声音

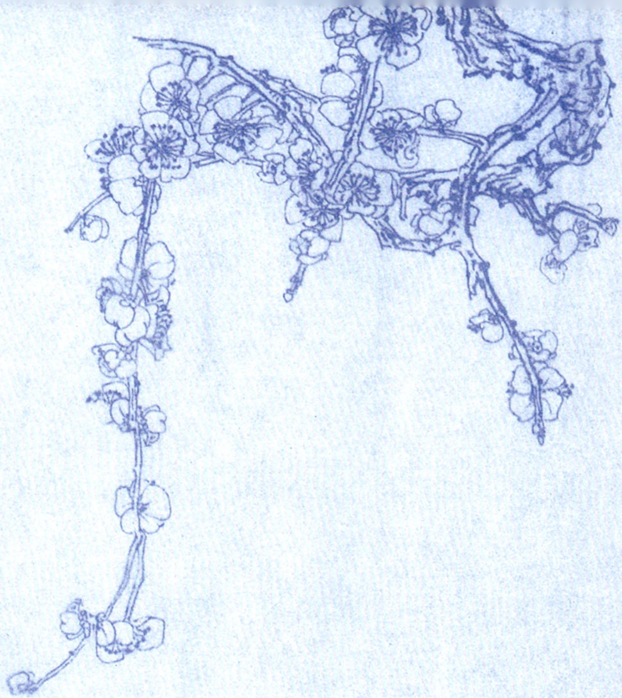

香雪海梅花

尽管其他季候里的
心碎
到冬天才恢复，才绽开

尽管五颜六色的桃李
这么快在吹吹打打中
坐上春日的婚床

仲夏也热热闹闹过去，深秋
也酒足饭饱牵着荷叶的手
睡倒在湖边，仍然不敢
轻易指望梅的踪迹

梅是玉碎之花
碎了的玉划伤时间的脸
也划破了自己的血管

谁能像梅一样成为吴侬软语中
最坚硬的词汇？谁能像梅一样
在寒冷中获得如此热烈的收成？

经唐寅画《黄茅渚小景图》处

夜半是祭拜先人之时
但，不遇

有点怕冷，如此寒天
他还在摇着那把潇洒的折扇

只可远观。其实
远观先人也不怪。先人的台步
已经走得很好，先人一笑
苏州早已千古风流

城市作遥想状，吴山作遥想状
经过，揖别。文采与吴中的丰腴
相对称。身旁美女，被点过的
被偷拉过小手的
毕竟已不是秋香

太湖鱼

太湖的鱼，即使跃出水面
也无法证明自己
是吴中的鱼还是无锡的鱼

吴中的鱼朝西北游
想看看马山饮马，它接近
鼋头渚，搞不懂这位水生的
族类，为什么不肯下水

无锡的鱼，或者依旧是吴中的鱼
向东南飞，苏绣般皮肤光滑
在宝带桥束腰而行

仰首米积山，看这堆得好高的富裕
“拙政”二字镌刻于大咖额头
它吞咽一口寒山寺的钟声，便知
塔下的救赎和枇杷果里的情色

它跳起来，摔摔肥厚的膘

做做自己得意的健身运动

顺便看了一眼

那位向水躬身致敬的诗人

缪克构

诗人，作家。1974年出生于东海之滨。1990年中学时代开始诗歌创作，1995年大学时期被评为"中国十大校园作家"，同时开始小说创作。迄今主要诗歌结集为《独自开放》（2003）、《时光的炼金术》（2015）、《盐的家族》（2018）。另有小说、散文作品《漂流瓶》《少年海》《黄鱼的叫喊》等6种。部分诗歌和短篇小说被翻译推介到国外。现为中国作家协会会员，文汇报社副总编辑、高级编辑。主要作品曾获中国新闻奖一、二等奖，中国报纸副刊作品金奖，以及《上海文学》奖、上海长江韬奋奖等。

评论家认为，他的诗歌世界疆域广阔，充满个人生命经验的在场与唯美主义的哲理思考。特别是其"家族史""凡人小传"的写作，生成了饱含海洋气息的新鲜而别致的意象与想象，具有强烈的辨识度和独特的人类学与风俗史价值。

我把雪梅领回家

香雪海有十万个女儿
并不介意让我领一个回家。从此
我把所有的诗人警惕
生怕他们随风飘舞的抒情
传到我家。从《诗经》到《新诗三百首》
凡有灼人之句，我都一一删除
唉，每一阵路过的春风
都是我潜在的敌人
我像一个忧心如焚的老丈人
恨不得把未来的女婿先一顿痛打
唉，明年我还去香雪海
明年，我把女儿还给它

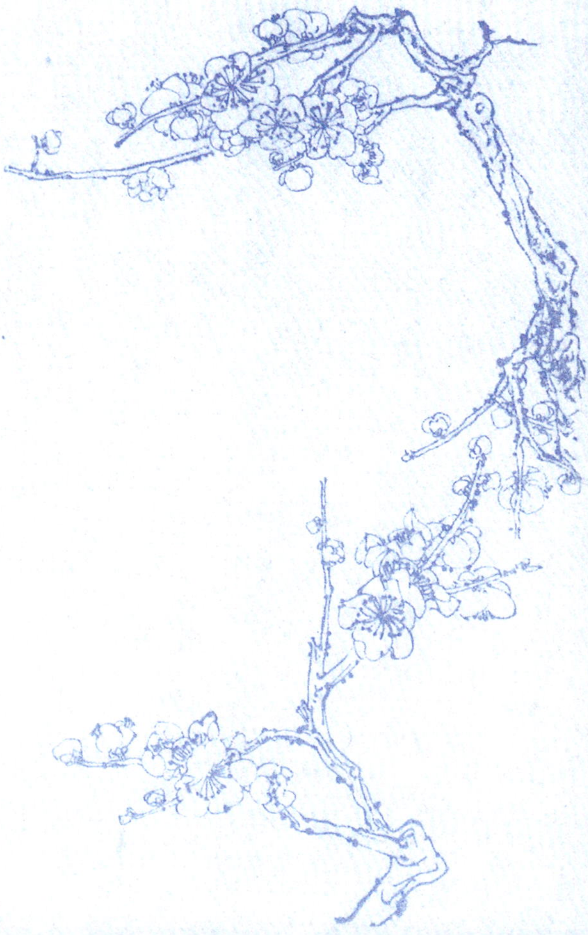

施晓平

曾任中学语文教师、报社记者，现为江苏省作家协会会员，苏州市政协特邀文史研究员，苏州市评论家协会理事，苏州市吴中区作家协会副主席兼秘书长。1994 年起发表文学作品，参与《苏州名门望族》《书香苏州》《情调苏州》等十余种书籍的编撰；2015 年 3 月出版个人专著《苏州城门城墙那些事》，2018 年出版个人专著《文蕴高新 · 运河流芳》。

香雪海边一株梅

——明末清初高士徐枋

早春
在香雪海放飞
梅花如雪
别样妩媚
而你
是香雪海边的一株梅
金榜题名
蟾宫折桂
可还没来得及骑上马背
明朝这座大厦
就轰然坍毁
父亲殉节
你牢记教诲
拒绝新朝官位
从此一路
流离颠沛
吃了上顿没下顿
南瓜就是你的珍馐海味
仅有的衣裤

也是你冬天的棉被

三个孩子先后折摧

你却始终无悔

香雪海边

惊鱼涧泉音清脆

涧上草堂

曾是你多年的奉陪

真如坞里

你长眠此处天地同悲

香雪海边

一种来自人间的

香气

却从此来归

香雪海

人来人往

陶醉着自然之梅

我却盼望

你这株老梅

成为更多人心中的

最美

香雪海

太湖美
美就美在太湖水
白帆红菱芦苇都唱到
还有鱼虾肥又美
偏偏漏唱香雪海的一片梅

十里香雪海
是瑞雪给吾家山披上棉被
是旭日给西崦湖穿上红妆
是春风给邓尉山播撒香味
是高洁、谦虚的思绪在放飞

太湖美
不止美在太湖水
还有香雪海的一片梅
当年作者能否再度来一回
重谱一曲《太湖美》

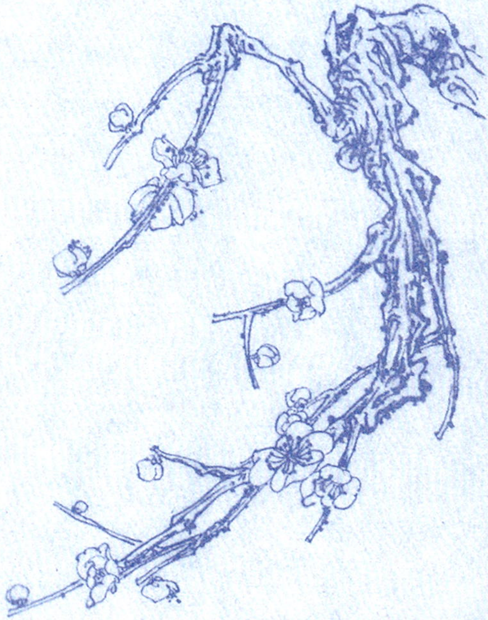

苏野

1976年生，作品散见《诗刊》《新华文摘》《诗歌月刊》《诗江南》《扬子江诗刊》《雨花》《延河》《诗林》《诗选刊》等，作品先后入选《2001中国年度最佳诗歌》《21世纪中国文学大系·2010年诗歌》《2013年中国诗歌排行榜》《中国好文学2013·最佳诗歌》《2014年诗歌选粹》《2015年中国诗歌精选》等多种年度诗歌选本。2014年入围首届江苏省青年诗人奖，2016年获“诗建设”诗歌奖新锐奖。

香雪海梅赋（外一首）

自然法的群岛
野生的、无法驯化的真理
物自性的永动机
在天地的蒸馏烧瓶中
蒸发虚妄，冷凝深渊的神秘

你白色、红色、绿色
单瓣、重瓣
辐射对称，合生、离生
卵形、椭圆形
酸、苦、涩的神灵

反对分类、比附和风雅
反对生理学、考据
词语的假山
和美学的小黑屋

包括这首吊诡的诗

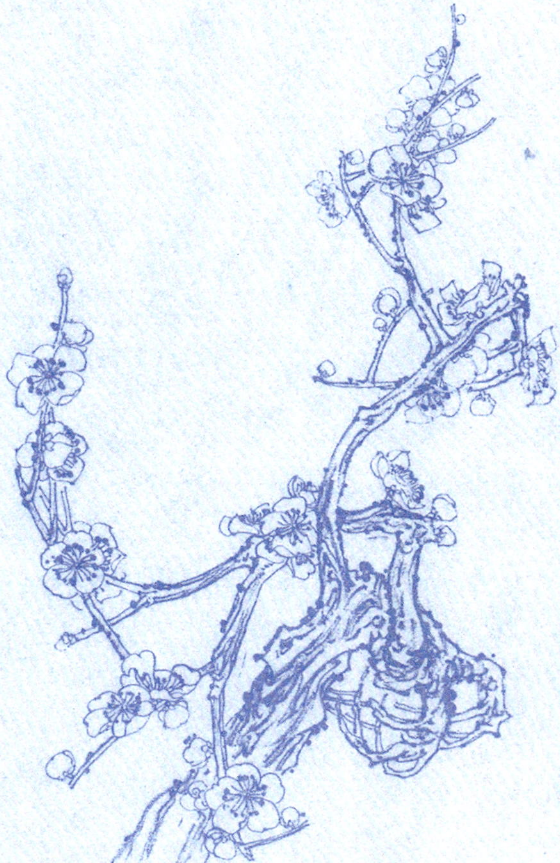

登光福寺塔

时间的一个镜像

券门和壶门，穹顶上的藻井
和邓尉山的玉波
消失的舍利
和雪浪峦翠的铃印

在砖木的包浆
和太湖的烟岚之间

诡异的精灵
穿堂风，对流在
你的热心肠
和冷的旧山川之间

凝集之塔
一个小小的晶核
对应着，广大无边的虚空

小 海

本名涂海燕。1965年生于江苏海安。毕业于南京大学中文系。著有诗集《必须弯腰拔草到午后》《村庄与田园》《北凌河》,《大秦帝国》(诗剧)、《影子之歌》(长诗)、《Song of Shadows(影子之歌)》(英中双语版)、《男孩和女孩(小海诗集 1980—2012)》;对话录《陌生的朋友:依兰·斯塔文斯与小海的对话》;随笔集《旧梦录》等。主编过《〈他们〉十年诗歌选》等。他的诗歌登上《北京文学》1998年中国当代文学作品排行榜,获得过《作家》杂志2000年诗歌奖,2012年度"天问诗人奖"、2015年"美丽岛"桂冠诗人奖、2016年第五届"长江杯"江苏文学评论奖一等奖,江苏省第2届、第4届、第5届紫金山文学奖。现居苏州。

香雪海咏梅

香雪海　你破空盛开
让人心神不宁

就像我的良心发现一样

天地之间
住着一只会撒网的狐狸
她只在我的诗歌中
显形

千万种幻象
模糊了谁的脸

千堆雪　万重浪
太湖畔低沉的云

一粒粒雪花
飞溅谁的脖颈

一树树梅花
洗亮诗人的眼睛

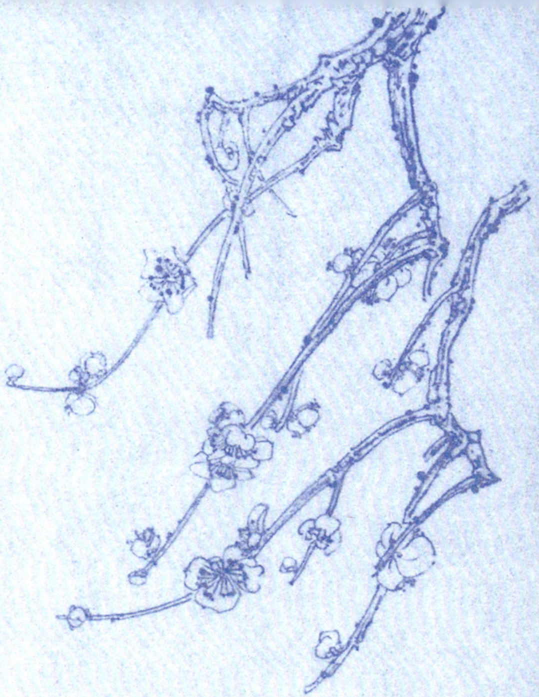

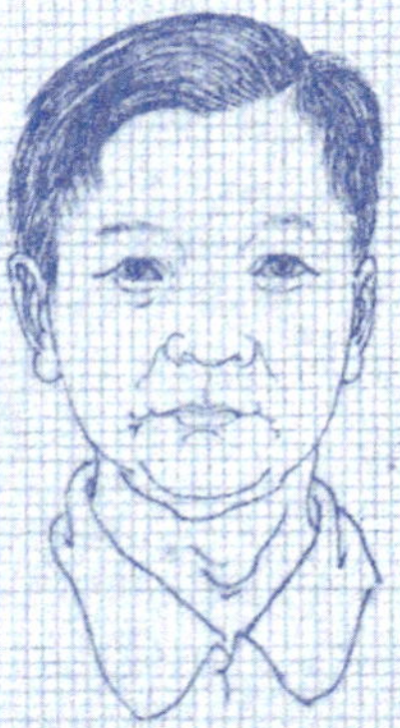

徐海龙

苏州市作家协会会员。20世纪60年代生，姑苏吴中"乡下人"。学农、务工，现有限公司企业主。爱好诗歌，习作偶见网络平台及报刊。

梅桩

一截树桩枝杆蟠虬
上面有黑色的虫眼和疾病
刀伤延伸
有一道圆形锯齿伤口
沉默而怅惘，被迫而无辜
翻卷而起新生的外皮
极力掩饰着伤口
让人想起去年寒冬
大雪的翅膀拂过梅林
沿着枝梢深抵灵魂

伤口如眼，眨着那双眼皮
承诺或关闭某些情愫
而梅花正从皱褶中开放
这或许严寒点了雪花的菌种
生长出繁星对应春的天象
暗示或释解着
幽幽梅香越过花瓣的边缘
"如光高于所有悬空的事物"

总有几树梅花先期开放

残雪在缝隙的阴暗面
初春的风还欠暖意
芦苇观望摇摆不定
压抑过久的头没力昂起
冬日里的一场大雪
冷冽的白早已融刻进骨子

梅似乎接受旨意，早有领悟
总有几树先期盛开
没有绿叶衬托，甚至先于报春花
倚屋边，跨沟壑，从湖埠，卧山坳
更相信她生长在峻峭的岸边
在树干的皱褶中
或没有愈合的伤口上
怒放三色，白如素锦
绿滴成翠，灿若殷红
她们不同于
银杏穿上黄衣明哲保身
苦楝摇着小铃无止传递苦涩

香樟假寐借春暖悄然换装

她们接受凌寒，接受冷冽

骨子里的燃烧

直接点燃起最初的春光

探梅路上遇妙玉

其实只是一盏杯茶而已
其实只是一壶梅上雪水
风炉上铜壶煮沸
少了雪的物理升华而已
只是梅花蔓延成海之前
凌寒先期开放的一朵腊梅

可以是
平江路河埠驳岸边的黛瓦下
可以是
香雪海赏梅，梅枝下的茶棚中
或者独好清静，青灯孤傲
在玄墓山蟠香寺的禅音上

一个爱洁的妙龄少女
洞天福地中
心，只在红尘
怎惊得起大观园繁华的配玉
栊翠庵，茶局折腾

玉壶冰心，身侧红尘

一股正月的冷风掠过空门

冲山佛雕街

俗人们不知道
佛像出自吴中光福冲山
而冲山佛雕街上杂木
状如碎骨，大小不一，粗细有别
经过日晒雨露，去除生性
总被能工巧匠去皮斧正
以佛的姿态
进入庙堂端庄站立
涂上金身，接受朝拜
那么多工匠与佛有缘
定是心存慧心
一位穿工装的木匠指着
废弃在路边玻璃钢初始模型
说，佛也有今生前世
动用斧凿，只不过显露真容
焕然重生

那些多余的力

休渔中的帆，蜷缩成堆
摆脱了桅杆绳索的作用
没有飘扬且有点破败之相
而多余的力，澎湃的力
会让你想起马林鱼与圣地亚哥
海明威等待了两天两夜的决斗

哪些小木舢，船头会不会
静坐一位
几千多岁的姜子牙
细雨中，笠帽下，直钩等待
一个士仕崇拜的形象
早在大雪后凝固成雕像
金色鲤鱼与虚无之门
释放出持久的金属光泽

拴栏的岸壁上，一树梅花盛开
船首间飞行水中嬉戏的野鸭
早闻到了什么气息

而那些似乎多余的细节

对于码头而言

在于彼岸与远方

还有那顶立的桅杆

竖起了就没有倒过

徐可

江苏如皋人，文学硕士、哲学博士，中国作家协会会员，启功研究会理事，高级编辑，《文艺报》副总编辑。曾任《光明日报》总编室副主任、办公室主任，香港《文汇报》副总编辑等。致力于散文写作实践和理论研究，兼及小说、评论、报告文学等。主张真情写作，提倡向传统学习。作品散见各大报刊，并被选入各种选本和语文课本，结集出版的有《三更有梦书当枕》《三读启功》《为了我们的明天》《三更有梦书当枕（之二）》《现代名家小品赏析》等。译著有《汤姆·索亚历险记》《六个恐怖的故事》等。曾获中国新闻奖、全国人大好新闻奖、全国政协好新闻奖、中国报人散文奖、丰子恺散文奖等。

梅的心思

题记：
写于苏州吴中“香雪海”。

你来了
穿过茫茫的人海
可是我想
在无人的时候
听见你的吟唱

你来了
在春风的沉醉里
可是我想
在冬的寒风里
有一件温暖的衣裳

你来了
夸赞我盛开的美丽
可是我想
等我谢了

你也满心欢喜

你来了
又走了
我多想
明年的春天
还能遇见你

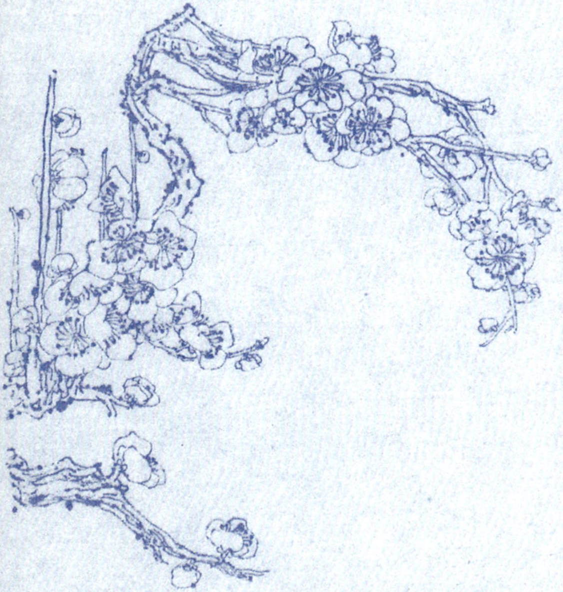

在姑苏与一场雪相遇（外一首）

题记：

苏州吴中邓尉山畔，有梅林成片，每当冬末春初，梅花凌寒开放，争奇斗妍，馨香远扬，如海荡漾，若雪满地，故曰“香雪海”。

幸福的降临
总是猝不及防
春天
在姑苏
我与一场雪意外相遇
一场无边无际的大雪啊
把我重重包围
仿佛温柔的海水
将我淹没

雪花
是从地里长出来的
仿佛一夜之间
开遍了山坡和田野

雪花

带着颜色

红的、粉的、绿的、白的

妆点天地间

格外好看

雪花

带着味道

暗香浮动

漫无边际

人们给她起了个好听的名字

——香雪海

于是

我变成一条快乐的鱼儿

在这大海里游来游去

追逐着一朵朵雪花

或是浪花

许　强

1973 年生于四川渠县，现居苏州。江苏省作家协会第五届签约作家，中国作家协会会员。创办民刊《打工诗人》。曾参加《诗刊》社第 26 届青春诗会。诗集入选江苏省作家协会“壹丛书”。

白梅

总有一种风，在我的内心吹拂着 、 流动着
大片大片的梅花，安静地点亮了白色的灯盏

每一次经过，每一次洗礼。我的心，就被轻轻地吹绿
那些小小的翅膀呵，在空气中微微地颤动着，一刻都无法停止

那些小小的幸福，一小朵一小朵一节一节向上爬着 、 盛开着
这大地的芬芳，一秒一秒缓慢地降落到植物的根须之下

十万株网状的根须，抓住那些清澈的露珠
和生活中那些小小的甜！

一个人盛开了，又凋谢了
她用双手捧着盈盈的露珠，和自己发自内心的微笑

香雪海白色的梅花开了，白色的梅花开着。在翠绿的大地中
一大片一大片，怎么也望不到边……

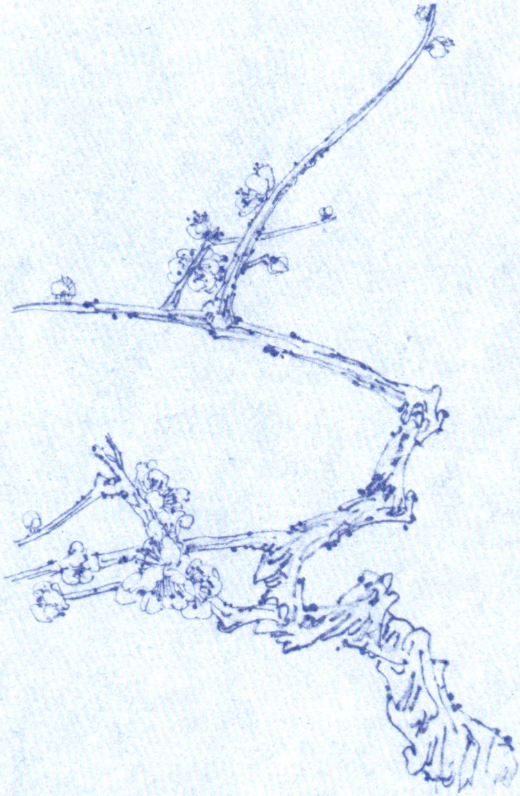

红梅

繁花累缀，清冽的香气哗哗地流淌
浇灌着，香雪海寂静的山径野路。只有一个人的童年
才可以听到它流动的声音，大美，隐于静

一个人的童年，呆呆地望着一大串一大串的红梅
那些垂垂欲滴的露珠，清洗着他忧郁的眼睛

一阵风，又一阵风吹来
吹过斑痕欲朽的篱笆，吹过虫孔透风的土墙
吹过三月一只老黄狗无法抵挡的，昏昏欲睡

青瓦，老式木架构三合院，一根电线杆
两棵李子树，一个长板凳，一把锄头

香雪海坐在这个下午，空空荡荡地回忆着
这座百年老宅，那些消逝的青春
和一层又一层，覆盖的面孔

雨过天晴的梅花

红色的梅花，在二埂边上
大朵大朵地开着
摄人心魄的花朵，是枝头融化的阳光
一阵又一阵轻风，让一些花朵降落到地面

银铃倒扣的钟声，在昨夜的一场小雨中
干净，清澈
大地轻轻地摇晃着

一朵花的身体饱含露水，和深情
一朵花心深含大地娇喘吁吁的红晕
一些花落了，一些花继续盛开

瓦蓝瓦蓝的天空
大朵大朵的梅花铺了一地
那些毛茸茸的狗尾草摇啊，摇

雁　西

本名尹英希，江西南康人，诗人、评论家、策展人，中国作家协会会员，中国文化管理协会文学艺术委员会副会长兼秘书长，《现代青年》杂志总编辑，与陆健、程维、张况被誉为“中国诗坛四公子”。出版个人诗集《时间的河流》《致爱神》《雁西情诗99首》《致大海》等8部。参加诗刊社第八届青春回眸诗会。曾获中国首届诗国奖、《芒种》年度诗人奖，《人民文学》优秀作品奖，世界诗人大会创意书画奖、中国首届长诗奖、加拿大婵娟诗歌奖、第四届中国当代诗歌奖，2016两岸诗会桂冠诗人奖。

春天的镜子在为你写日记

哦，香雪
多好听的名字
一位女神的名字
一位花神的名字
一位海神的名字
一朵朵梅花的名字
一句句诗的名字
你的名字
纯情如少女的初梦
香馨如初春的少女
我来的时候你正在梳头
点缀春天的门框
我走的时候
发现，春天的镜子
在为你写日记

在苏州，尤其光福，到哪都会
见到你，花似雪，雪似海
翻滚起千层春潮
多好听的又好叫的名字，轻念
你的名字，就会心动，心动，于暗香
浮动。听到你的名字就会心碎
心碎，于春心荡漾
听一遍，便一生难忘，念上三遍
便会爱上

飘香的雪，当然是一位女神的
名字，从二月初春的江南雨中
飘来，一朵二朵千朵雪
从天上飘来，从时间深处绽放，为一次
也是一生的相遇和爱
俯身细瞧，或抬头注视，或遥望远眺
挂在枝头，何止七里香？
已是千里万里香
香中飘雪，雪中含笑，笑中含歌

百般的微笑，像你一样哼着歌儿

我感动的不再是雨，突然间
黄昏变成了早晨，时空漂移
新年的钟声，敲响一遍一遍
时间的来临，或离去，都会令我
有些忧伤，与你有过的时光，每一页中的
日记，一定会夹着一朵梅花
你传递出这么暖的气息
告诉我：春天来了，你呢，香雪海
女神的花园，美神从这里出浴
每个遇见你的人都在悄悄爱你

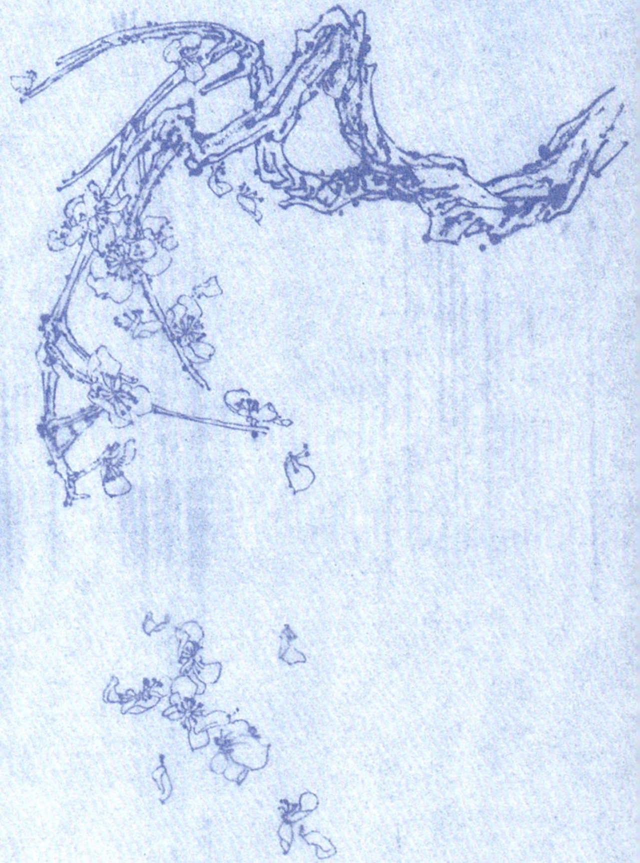

哦，香雪

哦，香雪
你几乎是柔柔的，可以说是温柔如水
没有一丝忧伤
洁白无瑕的裙子，掩盖了阳光
没有谁可以对你的纯洁指指点点
找不到一点点灰尘
露珠已经在花蕊之中
还有蜜蜂
正在啄食你储存的爱

你已经近乎于完美
近乎于没有一个人不会爱上你
我当然也不会例外
当天遇见你便当天爱上你
可是，我知道最终你还是会让我心疼
会让我看见繁华之后寂静
我不忍心
看见你离去，怕看见你白嫩的脸
面目全非

哦，香雪

如果是这样

我要告诉你，别怪我无情

我每年只选择你盛开时，再来

我喜欢看你盛开时的样子，多美呀

你清楚我是什么样的人

俯身摇曳的时候
灿烂的爱情和时间一起碎裂

哦，太美了！太幸福了
我什么都不需要了
比如世界，比如名利
烟花散尽的时候

你在，只要你在就好
我不会再为这堆纸灰落泪?!

雷劈就雷劈吧
留下这张永恒的照片

不，更具体描述
是一个家族悲惨的雕像

和爱人，亲人在一起
向生命致敬，向死神抗争

我并不是什么清奇古怪
乾隆皇帝把我的名字叫错

世人呵怎么说我都可以
但你清楚我是什么样的人

这时候，多好呀

那些忧伤又算得了什么，比起在老去的
生命，比如一朵一朵的花
那些鸟叫又有什么关系，为何关窗
她叫与不叫又能如何，比起稍纵即逝的
时间，比如无声无息流动的河流
快让那些忧伤离开，快些
不爱昏沉和荒凉，去森林，去海边
去百花谷，去故乡的春天
去有阳光的地方，自由，轻松，向往，追求
你喜欢的一切，比如神秘，浪漫，美好的
爱情。不要错过正在发生的，让自己安静下来
听风，听雨，听鸟究竟在说什么
当你慢慢看清这个世界的时候
也是黑夜被照亮的时候，这时候，多好呀
满地的落花什么诗也比不过呀

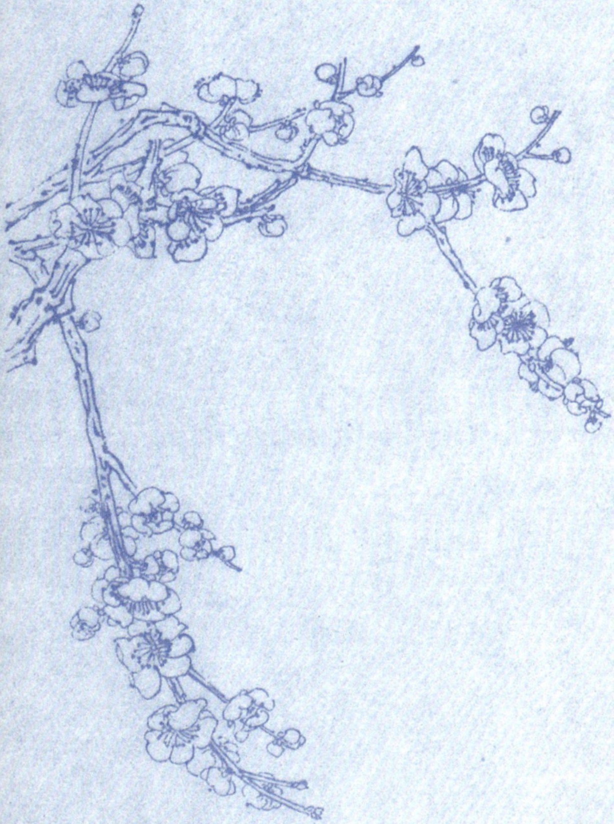

花仙子

我感动天地万物之中的
灵气。绿色和花朵
装扮了春天，而春天
装扮了全世界
花仙子，我怎能不爱呢

在梦中，我看见无数的落红
最后的时分
最美的落下
在春天，没有谁可以阻挡你的
绽放
因为你，世界美了

没有回报，就没有回报好了
就做那只在花蕊采蜜的蜜蜂
绽放，以及香
在尽情飘舞的四月
爱上你，就是最幸福

纵然年复一年地凋谢
也依然要年复一年地绽放
生生死死死死生生
像普通人一样生活
又像神一样永生

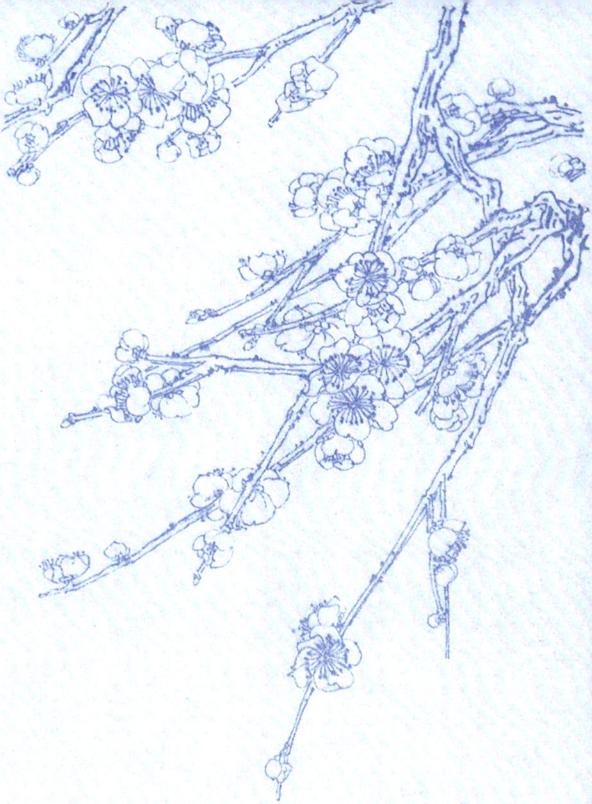

叶延滨

现任中国诗歌委员会主任，中国作家协会全国委员会名誉委员。1948年11月17日生于哈尔滨，1982年分配到四川省作家协会《星星》诗刊任编辑、副主编、主编，共12年整。1994年调北京广播学院文艺系任系主任、教授。1995年调中国作家协会任《诗刊》主编等职。曾获中国作家协会优秀中青年诗人诗歌奖（1979—1980）、第二届中国新诗集奖（1985—1986）以及十月文学奖、四川文学奖、北京文学奖、郭沫若文学奖等50余种全国及省级的文学艺术奖。著有诗集《不悔》《二重奏》《乳泉》《心的沉吟》《囚徒与白鸽》《叶延滨诗选》《在天堂与地狱之间》《蜜月箴言》《都市罗曼史》《血液的歌声》《禁果的诱惑》《现代九歌》《与你同行》《玫瑰火焰》《二十一世纪印象》《美丽瞬间》《沧桑》《叶延滨短诗选》，文集《生活启示录》《秋天的伤感》《二十二条诗规》《听风数雁》《白日画梦》《戏说神游》《永恒之脸》《梦与苹果》《叶延滨散文》《路上的感觉》《储蓄情感》《擦肩而过的影子》《诗与思》《黑白积木》《叶延滨随笔》《从哪一头吃香蕉》《烛光与夜声》《叶延滨杂文》及《叶延滨文集》（四卷）等51部。部分作品被翻译成英语、法语、德语、意大利语、马其顿语、波兰语等多种语言文字。

香雪海（外一首）

心里涌起一朵朵清雅的雪花
朵朵雪花挂在春的花枝
心醉了，醉入香雪海
醉眼迷离中，那些诗句也醉了
醉成淡淡的梅香

梅香入心
心儿像阳光下的花瓣
想飞，在阳光下在花海中飞
飞一回才发现
心儿原本是待放的花蕾

一辈子，就这样开一次花
有淡淡的香气
一辈子，就这样醉上一回
像一片雪花在阳光下
悄悄融化……

走进另一片“香雪海”

——读历代诗人咏梅诗选《光福香雪海》

游了光福镇名苑“香雪海”
赞过了，叹过了，也醉过了
醉入花海忘赏花

于是，再次回忆起的风景
杂驳了，模糊了，便再次捧读
手中的历代诗人光福咏梅诗——

读得风起了，风回处
“客衣飘蛱蝶”，少了广告牌
“野棹起鸳鸯”，鸳鸯知春天的情怀……

读得水照人，照人处
“牛犊维门”，少了高压线
“梅花塞路雪成珠”，花枝不识红绿灯……

读得十里松，披云霞
“趁晴扶醉”，少了塑料花

"香芜石径斜",归鸦飞起催晚钟……

读得野云飞,千峰动

"临水闲晚钓",少了响马达

"风情不让西湖老",诗藏千年梅花香……

叶 梓

本名王玉国，甘肃天水人。副研究馆员，国家二级作家，中国作家协会会员。出版诗文集6种。现居苏州。

光福镇的梅花开了（外一首）

光福镇的梅花开了
而我更愿意来到古镇的更深处
司徒庙、铜观音寺以及稍稍破败的十里老街
那里有更多的秘密

料峭春风里
梅花，只是光福的日常生活

我见过一位每年都做梅浆桂花的老妇人
梅花吐蕊，她就开始忙碌
清洗
入缸
腌制
当梅浆做好，就开始一场漫长的等待

香雪海的十里梅花
不一定记得她
一个至今秉承太湖流域古老传统的人

请原谅，就像梅花忘了她一样
我也要忘记刚刚看过的梅花
它们清冷
它们孤绝
它们被雅士们反复吟诵

我只想折一枝墨梅回家
祭献今晚的月亮，以及日常之光的日渐黯淡

石嵝庵

年代已经无从考证
仿佛横陈于潭山的古老册页

而无声禅师居住的小时光
却被太湖之水记录在案

一场春风里，我所看见的石嵝庵
有民国房间十余楹
有芭蕉数株
有盛大的紫藤一架
仿佛一户书香人家的古老宅子
静寂，又温暖

寺后清泉一眼
据说岁旱不竭

肓 邦

1976年生。从事诗歌、小说、文论的写作。著有小说集《再见，甲壳虫》，有诗入选《大学语文》及多种诗歌选本，著有诗集《体内的战争》《忆故人》，文学随笔集《潜行者》《附庸风雅》。为当代中国“70后”代表诗人之一。

过光福寺

跨过古寺桥，就踏进光福寺
太湖之水吞没我残破的皮囊
一场春雨将形而上的幽灵吸收殆尽
当我们登上舍利塔
田野、群山、湖水都在向下坠落
肉身依附于梅花
缓缓上升
湮灭在时代的棉花糖中

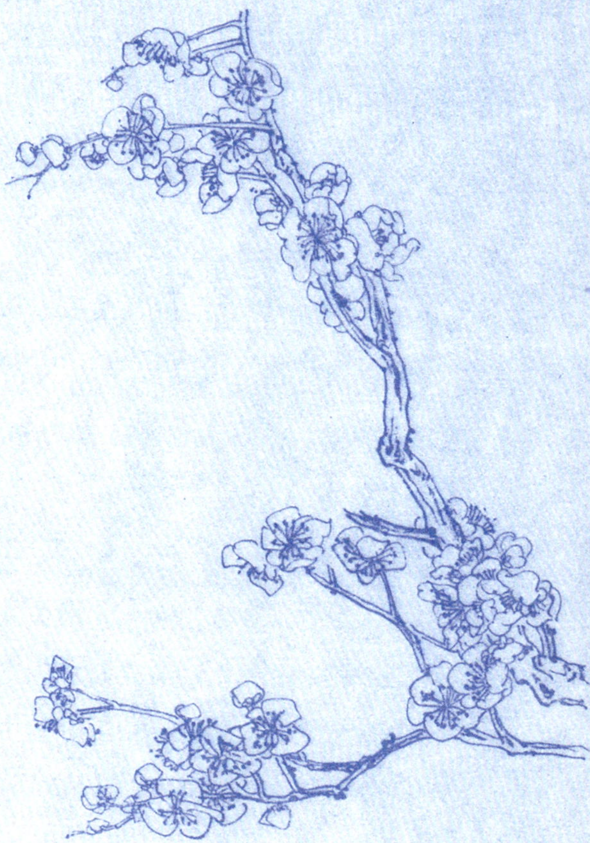

过永慧禅寺

那只误入尘世的白鹳
疲惫不堪
春天到来时
他却忘记了飞翔

湖水杳渺，松风似偈
沉默的人送来一封信
谶语在他如铁的内心苏醒
鲜花开放的清晨
他披缁入山，于湖边结庐
在属于他的栖息地上
他席地而坐
啖肉，饮酒

栎树与知了为他茹素
波涛与寒风为他念经
露珠挂在山毛榉的枝头
倒映着人世的灰烬
和他那纯真的醉态

五月的岩石

在水中缄默

臧　棣

1964年4月生在北京。1997年7月获北京大学文学博士学位。现任教于北京大学中文系、北京大学中国诗歌研究院研究员。代表性诗集有《燕园纪事》（1998）、《宇宙是扁的》（2008）、《空城计》（2009）、《未名湖》（2010）、《慧根丛书》（2011）、《小挽歌丛书》（2012）、《骑手和豆浆》（2015）、《必要的天使》（2015）、《就地神游》（2016）、《最简单的人类动作入门》（2017）等。曾获《南方文坛》杂志2005年度批评家奖，中国当代十大杰出青年诗人（2005），1979—2005中国十大先锋诗人（2006），中国十大新锐诗歌批评家（2007），《星星》2015年度诗歌奖，扬子江诗学奖（2017）。2015年5月应邀参加德国柏林诗歌节，2015年11月应邀参加墨西哥国际诗歌节，2016年参加德国不来梅诗歌节，2017年5月应邀参加荷兰鹿特丹国际诗歌节，2017年10月应邀参加美国普林斯顿诗歌节。

太湖梅花节入门

不知不觉光福的峰峦
已在你周围完成了一个怀抱——
依俗寻梅，浮动的暗香
勾兑一个完美的暗号；
原来苦寒的野心最精神——
以梅为心，不如以梅为妻，
独自盛开，将火热的冷艳贯穿到
你差一点就要领会忘我
究竟事关怎样的奥秘。
俯身一嗅，原来你是不是主人
要看它的蓓蕾像不像
一把美妙的钥匙。以梅为锁，
不如以梅为镜；照一照，
花中有人，人中有花，
一个怒放就能把你结合到
意志的姿态中。以梅为骨，
不如以梅为风：即使季节输给了
严酷的命运，在它面前
你依然是你一个人的春天。

黄昏多么窍门，以梅为眠，
不如以梅为醒：宇宙的影子
始终是它的武器，即使江南雪
偶尔会迟到，它依然会吐艳，
直到你学会新的呼吸。

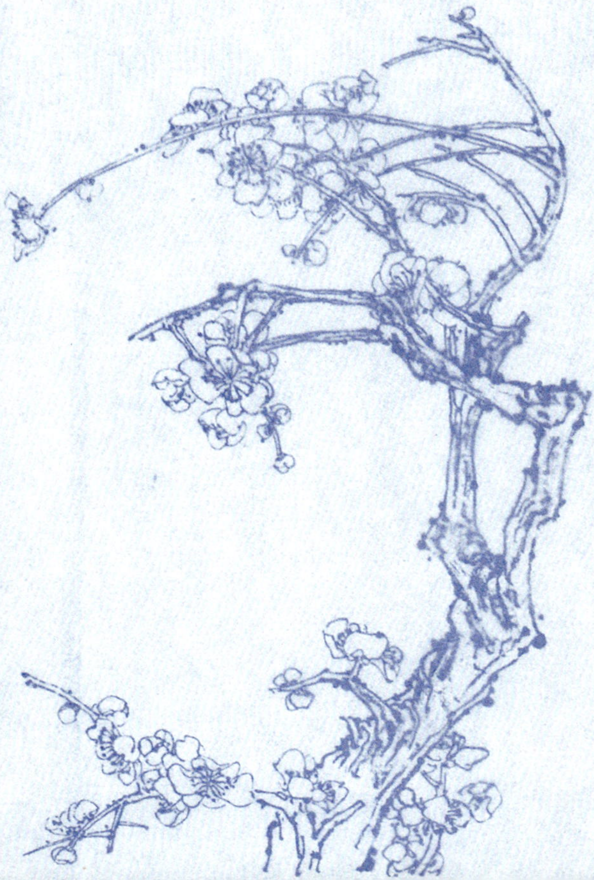

和天堂比不如和香雪海比

令现实再多一点自然的方法
其实并没有想象得
那么复杂。把黄酒浇到底，
人之树未必就轻浮于
小蜜蜂的团团转。放任记忆的话，
以花为媒，必然发展到
以江南为媒。没栽过
唯美的跟头，人的缺陷
更深不可测。脑海里，
交给草耙的工作，代号闪电行动。
芳香很及时，鼻子很伟大。
所以，成功的秘诀在于：
和天堂比，不如和早春二月比。
太湖边，绿意由朦胧表决
一个疑问：我们到底还有没有机会
起伏在春天的传说中。
哦，香雪，比大海的美更激进，
更擅长从走神的尘世中
把生命的冲动拽向

花枝乱颤；目的只有一个：
和天堂比，你还没有出生。
和地狱比，你已死过九回——
尽管如此，你仍然欠
和邓尉山中的梅花再比一次。

梅花亭入门

粉墙已砌在别处，
黛瓦隔壁一个料峭，
将盈风的芳瓣分布成
探梅人的小面具：
戴上它，你会获得
新的视野。早春的烟波
助你返回你身体里的江南；
西崦湖深厚一片碧浪；
一转身，青石向技痒开放，
几处摩崖别致东方的表达中
梅花最擅长一枝独秀——
要么先于细雪，将可疑的闲情
浓淡在人生的险情中；
要么渊源一阵幽香，
将暧昧的宿命绽放成
此时时刻，他乡即故乡。

张况

著名诗人、文学评论家，广东五华人。当代新古典主义历史文化诗歌写作的重要代表之一，现为中国作家协会会员、中国诗歌学会理事、广东省作家协会主席团成员、佛山市作家协会主席、佛山市文学艺术界联合会副主席。出版长诗《大秦帝国史诗》《大汉帝国史诗》《三国史诗》《大隋帝国史诗》《大唐帝国史诗》等文学著作25部，主编诗文选28部，代表作有10万行21卷大型历史文化长诗《中华史诗》。业余工书法，系中国硬笔书法协会常务理事、广东省硬笔书法协会副主席，出版《唐诗钢笔字帖》等9种，与陆健、程维、雁西并称为"中国诗坛四公子"。现居广东佛山。

光福赏梅

瑞雪未霁，梅蕊就迫不及待粉墨登场
无数枝梅，争先恐后挥动水袖里的香
将漫天舞蹈的冷，一步步逼入绝境
所有的香，敛迹于海的深邃
便有了香雪海一世的风光
啊！香雪如海，海阔天空
空即是色，而色绝不能空
在香雪海赏梅，所有的涛声都注定
要被尘世的芬芳勾引、逐一打压
最后拜倒于梅的裙下
毫无疑问，光福是一个自成体系的香艳之海
光福的光芒如此盛大，那照耀在大地上的暖阳
如旷世之弓，拉开一个半岛弧形的圆满
它随便搭上哪一枝春讯
都是射向彼岸的一箭吉祥
太湖是缩小版的海，所有的梅
捧起香雪海，信手一挥
就是千年不灭的瑞气天光

香雪海读梅

大面积撤离的寒冷，是对江南的另一种亲近
到香雪海读梅，四公子无疑是标配
打开光福梅蕊状的履历，我必需以一张机票
省略心情的距离，才能感受太湖平静的存在
谛听离眼睛最近的鸟鸣，我必需摘除所有视力
才能亲炙范小青换届后的苏州热情
我是离江南最近的那个人
离江南最近的人，也是离梅最近的人
离梅最近的人，仅用一瞥惊奇击鼓
就能听到香雪海的心跳，闻到臧棣的芳香
我是离春天最近的那个人
离春天最近的人，也是离悬念最遥远的人
离悬念最遥远的人，心里住着一座芬芳的海
海里飘荡的，是梁晓明《诗江南》头条的落英、梅花的骨骸
在香雪海徜徉，叶延滨就是光福常青的光芒与福音
陆健稍一弯腰，雁西的耳畔就响起汗漫的香艳惊涛
谷禾长出菱角，不经意撑开方文醉酒的柴扉
我看见香雪海的喧响，在程维寻寻觅觅的脚印里绽放
胡弦与龚璇合奏，唱出黄尚恩的小调

一枝梅瘦下去，就成了乾隆那杆御笔

皇帝老儿大笔一挥，皇家气象顿时摇曳生姿

梅花亭外，矗立着缪克构褪色的碑刻

中岛上的每一缕芳魂，都可以点燃育邦落魄的春天

车前子褪下约理的外衣，泼墨就是梅花清高的典故

啊！每一朵梅，就是一个春天形态的香雪海

梅姊妹

叶梅、直角梅、绿萼梅、照水梅
携手红梅、洒金梅、宫粉梅、玉蝶梅
款款穿行于人世，这些拒绝合唱的姊妹
跳出百花的视线，为皮藏贵气的一方天地
播撒迥异流俗的凛然之香
在光福赏梅，我满脸都是得而复失的怅惘
好"色"如我，眼里全是梅的伤逝
我必须仰望，才能侥幸嗅到她们近似于无的体香
而香，是一种魅惑
没有形状，却益显庄重、空茫
她们出身各异，籍贯不同
但只要站队，就是清一色的娘子军形象
梅姊妹白色背景下的英姿，遁入教科书的空门
我觉得，她们皇后般雍容的科目
此刻，最适合出家为尼

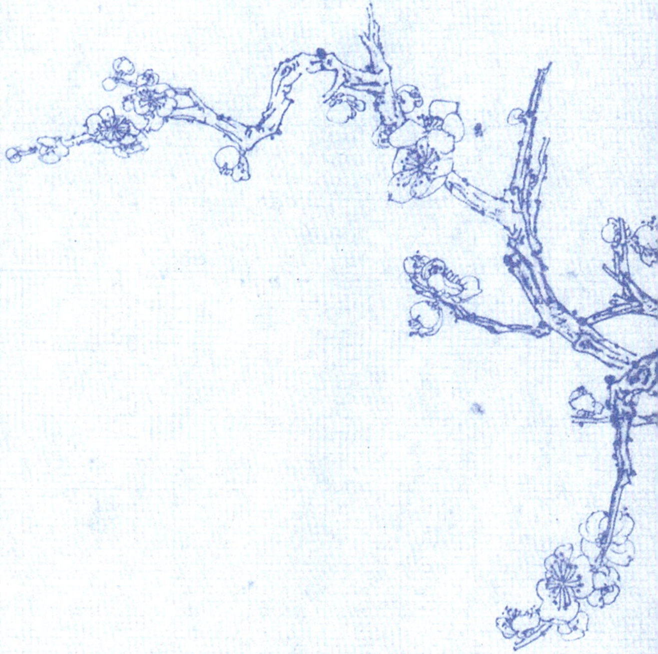

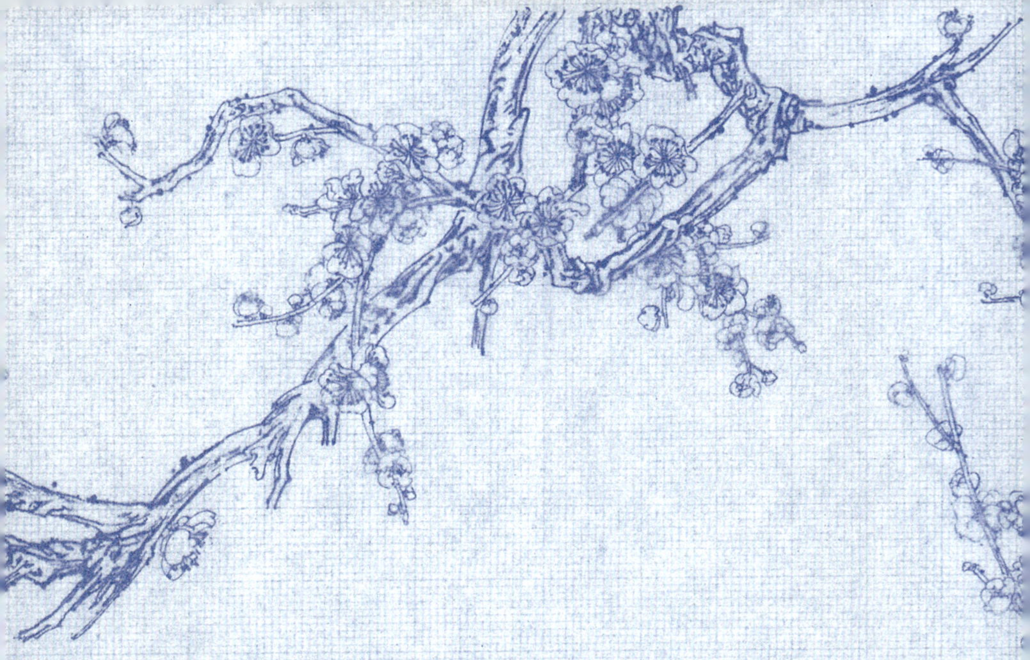

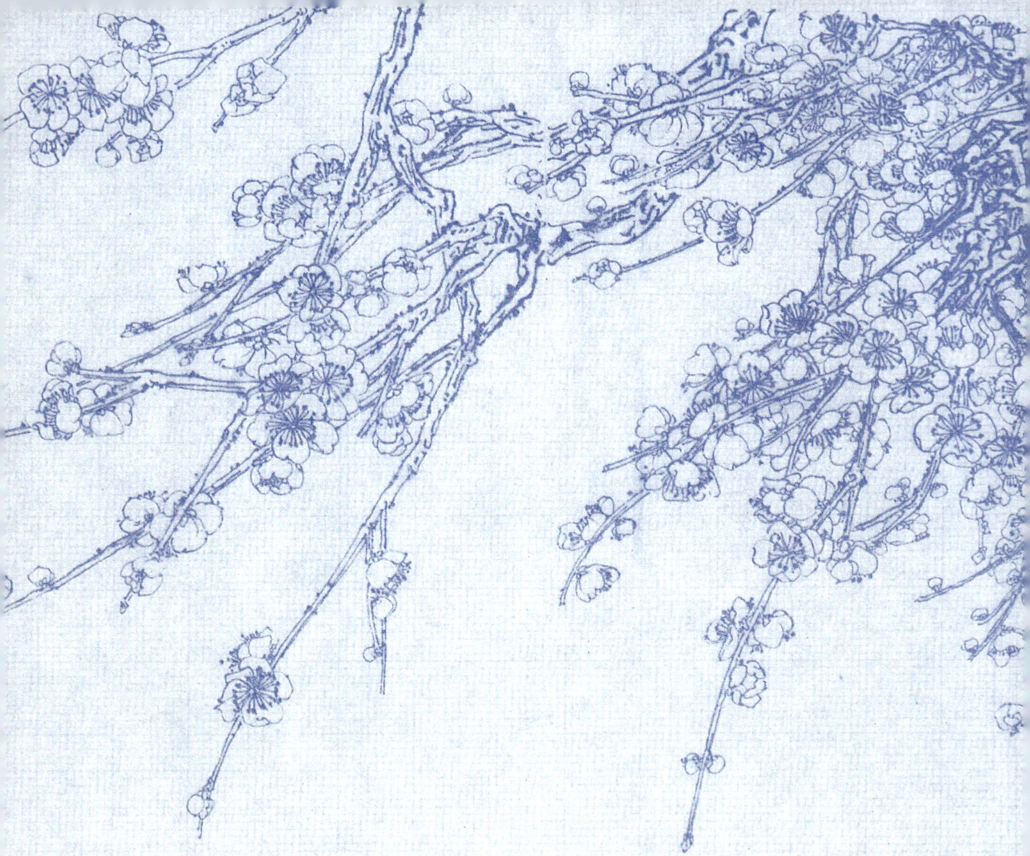

后记

顾建列

今年2月初，我到光福镇走访慰问两名道德模范时，镇党委宣传委员交给我看香雪海诗会方案，眼前一亮，同时又有点担忧，担忧是否能办好诗会。在看到主办单位是中国作家协会诗歌委员会和江苏省作家协会诗歌工作委员会，并且叶延滨老师、范小青老师等多位著名诗人和作家答应前来时，心里就有了底气。当场，我就对镇里说，全力支持诗会举办，希望诗会更名为"首届香雪海全国诗会"，打出品牌、永不落幕。

2月24日，伴随着《香雪海》的美妙旋律，40位来自全国各地的著名诗人、作家欢聚一堂，以诗会友、以梅咏情，共同赞美着新时代美好生活。之后，各位诗人作家陆陆续续将各自诗作馈赠给我们诗会会务组，最终形成了这本《诗约香雪》。《诗约香雪》蕴含着诗人们对苏州吴中的赞美之情，让人久久回味。

"吴中好风景，风景无朝暮"。一千多年前，白居易在即将离任时，感慨吴地的好风光，是那样的依依不舍。如今，好多暂别吴中的朋友，也对我们表达过同样的感情。吴中山水之胜，古往今来引无数文人雅士题咏笔绘、流连忘返。草圣张旭、政治家范仲淹、教育家叶圣陶、建筑大师蒯祥等一大批历史名人均曾生活在吴中大地。目前可考的吴中文学家达到810名，著述约3100种。

近年来，吴中区紧紧围绕"山水苏州、人文吴中"目标定位，坚持"根植吴文化、建设新吴中"主题导向，不断坚定文化自信，立足优秀传统文化，努力繁荣发展社会主义文艺，大力推动文化事业和文化产业发展，并取得了丰硕成果。近期，接连获评的"中国文学之乡"和"中国民间文艺之乡"两块国家级牌子就是对吴中最好的褒奖。

这本情深意重的《诗约香雪》是抒情、是赞美，更是鼓励和鞭策，更坚定了我们将诗会办下去的信心。我深信，在总结首届诗会经验的基础上，通过第二届、第三届等连续举办，"香雪海全国诗会"必将成为吴中又一张靓丽的文化名片，并为全国文艺繁荣兴盛作出一定的贡献。

2018年7月

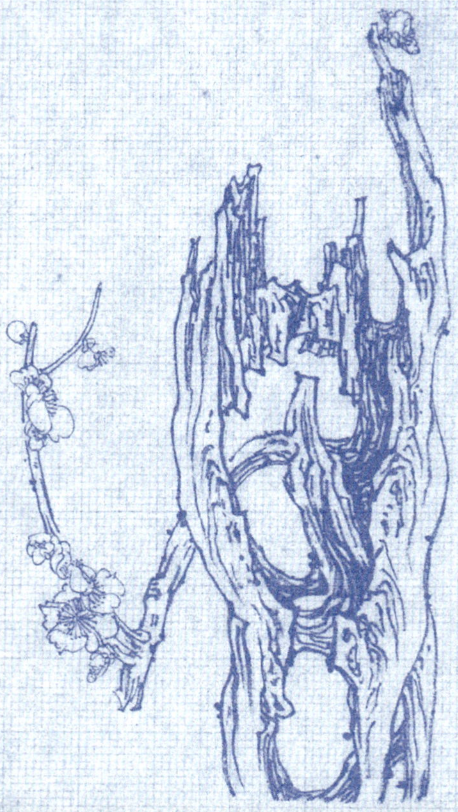

编辑说明

本书汇集了“首届香雪海全国诗会”共27位来自全国各地的著名诗人的共87首心血之作，均为现代诗歌的自由体新诗，形式自由，意涵丰富，不受格律限制，无固定格式，注重自然的、内在的节奏，字数、行数、句式、音调都比较自由。本书作者众多，风格各异。为了更好地体现诗歌涵义，尊重作者的创作，诗歌中的词句、标点符号及分行断句等特殊形态均保留诗作原貌，也请读者品读诵咏。

图书在版编目（CIP）数据

诗约香雪 / 叶延滨, 范小青主编. -- 南京：江苏凤凰教育出版社, 2018.10

ISBN 978-7-5499-7676-8

Ⅰ. ①诗… Ⅱ. ①叶… ②范… Ⅲ. ①诗集—中国—当代 Ⅳ. ①I227

中国版本图书馆CIP数据核字(2018)第243037号

书　　名　诗约香雪
主　　编　叶延滨　范小青
插　　图　苏　文
摄　　影　张炎龙
责任编辑　周　晨　孙宁宁
书籍设计　周　晨

出版发行　江苏凤凰教育出版社（南京市湖南路1号A楼 邮编210009）
苏教网址　http://www.1088.com.cn
印　　刷　苏州市越洋印刷有限公司
开　　本　889 × 1194　1/32
印　　张　8
版　　次　2019年1月第1版
　　　　　2019年1月第1次印刷
书　　号　ISBN 978-7-5499-7676-8
定　　价　65.00元

网店地址　http://jsfhjycbs.taobao.com
公 众 号　江苏凤凰教育出版社（微信号：jsfhjyfw）
邮购电话　025-85406265,85400774　短信02585420909
盗版举报　025-83658579